YANG KUPANGGIL SAYANG, YANG KUPANGGIL BIDADARI.

SSKARNO

ISBN:	Hardcover	978-1-5437-6647-9
	Softcover	978-1-5437-6645-5
	eBook	978-1-5437-6646-2

Print information available on the last page.

To order additional copies of this book, contact
Toll Free +65 3165 7531 (Singapore)
Toll Free +60 3 3099 4412 (Malaysia)
orders.singapore@partridgepublishing.com

www.partridgepublishing.com/singapore

1

Dura dibawa ke dalam ambulans. Asfar hanya mengekori kenderaan yang bergerak dengan pandangan yang kosong. Jantungnya berdegup kencang. Tiba-tiba semacam perasaan hiba menyelubungi dirinya. Asfar merasa amat sedih. Pilunya mula mencengkam jiwa dan raganya.

Asfar tidak sempat menatap wajah Dura buat kali terakhir. Asfar cuba mencuri ruang mahu menatap wajah Dura dan cuba membisikkan sesuatu ke telinganya tetapi dia tidak berjaya.

Dura dikerumuni para pegawai ambulans yang memeriksa dan mencatitkan keterangan diri Dura dan mengenai bagaimana kejadian itu bermula. Dalam keadaan yang kelam-kabut, pegawai medik meminta ruang untuk menjalankan tugas mereka dengan mengikut prosedur yang betul.

Setelah beberapa minit, mereka terus mengusung Dura dan membawanya masuk ke dalam ambulans.

Asfar sudah bersedia mahu melangkah mengikut Dura ke hospital tetapi pegawai medik menasihatinya agar Asfar hanya duduk di rumah. Asfar tidak dibenarkan menemani Dura kerana faktor usia lebih-lebih lagi dalam situasi pandemik Covid. Sempat pegawai kesihatan bertanya mengenai sejarah kesihatan Asfar. Asfar memberitahu dia mempunyai sejarah penyakit darah tinggi dan kencing manis. Oleh sebab itu, dia tidak dibenarkan ikut serta naik ke dalam ambulans.

Walaupun Asfar bertegas namun rayuannya ditolak atas sebab keadaan kesihatan dirinya. Aira, anak gadisnya merasa simpati dengan Asfar yang bersungguh-sungguh mahu menemani Dura.

Namun Asfar harus patuh pada arahan barisan hadapan yang bertungkus lumus menghadapi virus yang sedang menyerang dunia.

Ambulans meluncur laju meninggalkan Asfar di situ. Asfar berdiri di koridor.

Dia berdiri dengan pandangan kosong beberapa saat, hingga bayangan ambulans hilang dari ruang matanya. Semacam ada perasaan yang aneh yang menyentap dan menghiris nalurinya.

Asfar lalu melangkah masuk ke rumah dan menutup pintu. Dia duduk di atas sofa kembali dengan membawa pandangan yang kosong. Matanya terkebil-kebil.

Nafasnya turun naik. Semua berlaku terlalu pantas. Hanya sekelip mata. Apa yang berlaku tidak boleh diulang semula. Sekiranya kejadian itu boleh diulang semula, tentunya Asfar akan bangun dan berlari menuju ke arah suara Dura yang memanggil namanya.

Mungkin dia akan menghentikan membaca surah al Haqqah. Tentunya Asfar akan menutup al-Quran itu dan meluru ke arah suara Dura. Tetapi suara Dura yang sayup-sayup melintasi daun telinganya tidak berjaya membuatkan dia menghentikan bacaan. Asfar sebaliknya lebih khusyuk.

Lagipun memang Asfar berazam untuk khatam buat kali ketiga dalam masa yang terdekat. Asfar mengejar waktu dan berazam tidak mahu membuang masa selagi masih sihat dan selagi nyawa dikandung badan. Hanya itu sahaja kemahuan Asfar sebelum datangnya mati.

Selesai bertadarus, Asfar meletakkan kopiahnya dan melangkah menuju ke dapur. Waktu itulah Asfar terlihat Dura sudah terbaring di atas lantai bilik air. Asfar menjerit memanggil Aira yang berada di biliknya. Gadis itu sedang bekerja dari rumah. Aira amat terperanjat. Asfar segera memangku Dura. Dura pengsan tidak sedarkan diri. Mata Dura tertutup rapat seperti sedang tidur. Asfar dan Aira sedaya upaya memanggil nama Dura dan mereka cuba menggerakkan tubuh Dura.

Namun tiada respons daripada Dura. Dura tetap kaku. Nafasnya seakan-akan tersekat-sekat.

Aira cuba merenjis sedikit air ke wajah Dura. Namun renjisan itu tidak mampu mengubah apa-apa. Aira mula menangis melihat keadaan Dura seperti itu.

"Macam mana boleh terjadi?" soal Aira sambil memandang ke wajah Asfar.

"Tak tahu. Tak sedar macam mana boleh berlaku," jawab Asfar dengan suara yang sedih.

Asfar termenung sendirian di atas sofa ruang tamu.

Asfar menarik nafas, cuba bayangkan... Ketika dia duduk di atas sofa selalunya Dura akan datang dan duduk bersamanya. Tujuannya bukan untuk menonton TV tetapi menyakat Asfar. Dura akan selalu mencari jalan agar Asfar memberikan perhatian kepadanya.

"Wahai kanda, kita merancang melancong ke mana tahun ini?" tanya Dura.

"Cakap aje nak pergi mana, kanda akan bawa sayang," jelas Asfar sambil merangkul bahu Dura.

"Betul ni, tak bohong? Kanda akan bawa sayang ke mana saja yang sayang nak pergi?" soal Dura.

"Sejak bila kanda pernah bohong dengan sayang?" Sentap Asfar.

"Betul ni tak bohong?" desak Dura lagi.

"Sejak bila kanda bohong? Kalau kanda bohong, selamanya perasaan bersalah itu tidak akan hilang dari hidup kanda!" terang Asfar.

"Sayang memang tahu, kanda memang baik," puji Dura.

"Sayang cakap nak pergi mana? Kanda *on*," sela Asfar dengan bangga.

Dura tersenyum mengejek sambil memandang wajah Asfar. Dura hanya menyakat sahaja. Kepercayaan terhadap kasih sayang dan cinta Asfar tidak pernah diraguinya hingga akhir hayat.

"Ah, cakaplah nak pergi mana," ulang Asfar lagi.

"Sayang nak tengok bulan," usik Dura sambil ketawa tersengih. Asfar melirik ke arah Dura lalu menggeletek Dura. Dura memang tidak dapat melawan, hanya ketawa sehingga keluar air mata.

"Lain kali jawab dengan betul," ketawa Asfar sambil memeluk bidadarinya.

"Mudah-mudahan kasih sayang kita akan kekal hingga ke jannah, sayangku," kata Asfar.

Dura berhenti ketawa sambil merenung wajah Asfar. Mata bertentangan mata. Kasihnya yang abadi bertaut berpuluh tahun menyingkir semua prasangka buruk. Tiba-tiba Dura tersengih menyedari Asfar yang sudah tidak sekacak dulu. Rambut hitam sudah tidak kelihatan di atas kepala.

Wajahnya juga banyak berubah dimakan masa. Hanya tahi lalat di tepi dagunya yang membuat Asfar kelihatan berseri seperti dulu. Senyuman masih menyengat.

Asfar tidak sesasa seperti dulu. Masa beredar terasa terlalu pantas memakan usia mereka berdua. Yang tinggal hanyalah sisa kenangan yang entah bila berakhir.

Dalam usia emas, Asfar hanya menunggu masa untuk bersara. Begitu juga Dura, hanya menunggu peluang untuk bersara sepenuhnya dan meluangkan masa bersama suaminya.

Itulah kebahagiaan abadi yang diimpikan. Hujung tahun mereka melancong ke merata negara. Banyak negara seperti Turki, Jepun, Sweden dan Indonesia yang telah mereka lawati bersama dalam percutian sempena ulang tahun perkahwinan mereka. Walaupun sudah menjadi pasangan warga emas, meskipun cinta mereka tidak sesegar masa dahulu namun mereka tetap bahagia mengharungi perjalanan hidup yang panjang. Membina sebuah perhubungan untuk tempoh jangka masa yang panjang bukan sesuatu yang mudah.

Pasti akan wujud halangan dan rintangan yang menggugat perasaan. Yang membunuh perasaan cinta dan yang tinggal hanyalah rasa simpati dan kasihan yang bertangkai di daun hijau. Begitulah yang terjadi antara Asfar dan Dura. Cinta Asfar yang bertaut berpuluh tahun hampir pudar dalam sekelip mata. Tiada kata-kata sayang memanggil Dura seperti biasa. Asfar yang menjadi penghibur, yang suka menyakat kepada Dura, tiba-tiba berubah sikap menjadi seorang yang pendiam.

Asfar mengurung dirinya seakan-akan menjalani hukuman. Semuanya berlaku terlalu pantas!

Kata-kata keramat 'sayang' itu sudah asing dan tidak kedengaran lagi. Padahal sebelum ini kata-kata keramat itu yang menjentik naluri dan perasaan cinta. Kini semuanya seperti mimpi buruk.

Fikiran Asfar masih lagi kosong. Entah apa yang ditunggu di atas sofa itu. Asfar menghela nafas yang panjang. Berdetik dalam hatinya perasaan menyesal tidak terhingga. Sudah beberapa kali Asfar mahu memberitahu Dura tentang kisah silam yang telah melewati hidupnya yang menjadi rahsia semenjak sekian lamanya. Belum sempat perkara itu diberitahu, Asfar telah diberhentikan kerja sebelum tempohnya tamat kerana Asfar didapati pengsan di tempat kerja kerana darah tingginya yang naik sehingga 190mmHg. Demi kesihatan dan keselamatan, pihak majikan tempat Asfar bekerja menghentikan kontraknya yang hanya tinggal setahun lagi. Walaupun masih mahu bekerja namun dia akur dengan keputusan pihak majikan. Perasaan sedih bertambah dan berganda.

Semua itu membuat Asfar bertambah murung. Perasaan sedih itu membantutkan semua niatnya untuk bercerita kisah lama. Dan ketika dalam pasca pemutus jangkitan, Asfar mengalami kemurungan yang amat teruk.

Seolah-olah dia terperangkap dalam semua situasi yang menghimpit dirinya. Pertama, Asfar diberhentikan kerja. Kedua, pertemuan dengan Umar yang membawa khabar tidak dijangka. Melalui pertemuan dengan Umar seminggu sebelum diberhentikan kerja, Umar memberitahu bahawa Inara mengandungkan anaknya.

Kemudian kejutan demi kejutan berlaku. Dunia digegarkan dengan penularan wabak Covid 19.

Manusia di seluruh dunia melangkah ke alam norma baru kehidupan. Banyak sekatan dan arahan dikeluarkan, semua orang terpaksa membataskan langkah.

Tiada lagi sembang petang, tiada lagi lepak di kedai kopi. Tiada lagi rewang-rewang. Tiada lagi kenduri-kendara. Setiap orang hanya boleh keluar rumah dalam urusan yang tertentu dan penting.

Peristiwa demi peristiwa menimpa ke atas Asfar. Asfar terpaksa membatalkan niatnya untuk berjumpa lagi dengan Umar. Timbunan perasaannya berkecamuk dan terpendam.

Sejak akhir-akhir ini, Asfar mengaku agak kurang memberi perhatian terhadap Dura.

Asfar mahu mencari dirinya sendiri. Asfar merasa banyak dosa yang telah dilakukan sedangkan Dura tidak mengetahuinya. Sudah beberapa kali Dura menegurnya sikapnya yang acuh tak acuh hingga membuat Dura rasa tersinggung.

Bagi Asfar, untuk menceritakan kisah silamnya kepada Dura, dia memerlukan banyak masa.

Dan dengan tanpa disedarinya, layanannya kepada yang tersayang seperti menjadi dingin. Asfar takut dituduh yang bukan-bukan. Asfar hanya memerlukan masa untuk berdepan dengan kenyataan. Baginya, Dura tetap satu yang dicintai dan tetap menjadi bidadari hatinya kini dan selamanya.

Masih percayakah Dura sekiranya Asfar menyatakan itu padanya?

Kisah silam bersama Inara benar-benar menghantui dirinya. Apakah Tuhan akan mengampunkan dosa-dosanya? Kenapa cerita Inara timbul semula setelah lebih dari empat puluh tahun tenggelam? Kenapa ia menjadi beban di benak setelah berabad berlalu? Calitan dosa itu yang membuat Asfar terperangkap dengan rasa tanggungjawab.

Asfar banyak mendekati dan mencari dirinya. Asfar memperbanyakkan melakukan solat sunat, membaca al-Quran agar menemui ketenangan dan memohon agar dosanya mendapat pengampunan. Dia tidak sanggup menanggung semua itu.

Asfar menunggu panggilan daripada Aira. Asfar mengharapkan Aira memberitahunya tentang keadaan Dura. Asfar yakin Dura akan pulang ke pangkuannya.

Nafas Asfar turun naik menjadi cemas. Asfar ingin tahu apa kata doktor yang memeriksanya.

Entah kenapa kali ini hatinya cair bagai cairnya glasiar di lautan.

Seolah-olah hatinya dibawa pergi sama ketika Dura diusung pergi, Asfar sempat melihat ada butir-butir air mata yang jernih tertinggal di kelopak mata Dura. Asfar tahu Dura ialah jenis wanita yang susah mengalirkan air mata. Dura hanya akan menangis sekiranya hatinya benar-benar terluka atau ada perbuatan orang yang amat menyinggung perasaannya. Dura ialah wanita sederhana yang mudah memaafkan kesilapan dan kesalahan siapa sahaja. Mungkinkah Dura dapat memaafkan dirinya? bisik Asfar dalam hati. Kesederhanaan Dura membuat Asfar terlalu rasa bersalah! Asfar tidak mahu mengkhianati sebuah ikatan kasih sayang.

Namun yang diharapkan Dura mengerti perkara yang sebenar walaupun mungkin ia akan melukakan hatinya. Bukan Asfar tidak sayang Dura lagi. Bukan cintanya pada Dura merantau sepi. Dura ialah wanita yang paling dicintai dalam hidupnya. Pada Asfar, Dura adalah bulan dan bintang yang senantiasa menyinari hidupnya. Hanya mati sahaja yang boleh memisahkan mereka. Kekotoran masa remaja Asfar datang menjenguknya dan membawa sejarah hitam yang terpalit semasa zaman persekolahan. Cinta monyet yang berbunga antara dirinya dengan Inara.

Perasaan itulah yang mengheret perasaan murungnya dan membina tembok pengasingan daripada Dura. Perasaan bersalah itu seperti sedang menjalani hukum dengan mengheret deretan kasih sayangnya pada Dura dan kemudian memenjarakan Asfar dalam sel-sel kekesalan.

Asfar membetulkan kedudukan punggungnya. Seolah-olah dia membetulkan fikirannya yang kosong. Kali ini dan saat ini Asfar berjanji akan melayan Dura seperti dulu. Asfar tidak akan mengasingkan diri. Asfar mahu berkongsi sel-sel kekesalan dengan Dura. Apatah lagi mereka pernah berjanji, susah senang harus harungi bersama!

Asfar mahu menceritakan kepada Dura untuk membetulkan keadaan.

Asfar tidak mahu terbawa-bawa dengan rasa bersalah lagi. Asfar sudah tidak sanggup memikul di pundak sendirian. Asfar mahu menceritakan kepada Dura agar Dura memahaminya.

Asfar tidak peduli lagi, biarpun apa sahaja tuduhan daripada Dura, dia sanggup menerimanya.

Seminggu sebelum dibuang kerja, Asfar terjumpa Umar yang sedang menghantar barang-barang keperluan pejabat. Waktu itu Umar menggantikan rakan kerja yang sedang dalam cuti sakit.

Semasa buat penghantaran ke pejabatnya, mereka berjumpa semula setelah berpisah selama hampir lebih empat puluh lima tahun.

Mereka tinggal di kampung yang sama, hanya saluran parit yang besar memisahkan kampung mereka iaitu Kampung Gemuruh Timur dan Kampung Gemuruh Barat.

Umar merupakan jiran terdekat pada Inara. Bermulalah kisah silam yang dibuka semula. Asfar sendiri tidak tahu dan tidak menyedari kisah silamnya akan pergi sejauh itu. Semenjak Umar mengungkit masa silamnya dan perhubungan cinta monyetnya bersama Inara, ia melayarkan peristiwa lama satu per satu di dalam mindanya. Susah untuk diterima namun kenyataannya adalah sesuatu yang nyata dan harus diterima. Setiap malam kisah silam itu mengganggu tidurnya. Setiap masa mengganggu selera makannya. Setiap malam dan setiap masa hanya bayang wajah Inara berada di ruang matanya.

Disebabkan kekesalan yang memuncak menyebabkan tekanan darah tingginya melambung.

Memudarkan matanya sehingga membuat dia pengsan dan dibawa ke rumah sakit dengan ambulans. Nasib baik rakan sekerja melihat apa yang terjadi dan bertindak cepat. Sekiranya tidak, tidak dapat dibayangkan akibatnya.

Asfar pasrah kontraknya ditamatkan namun kenapa ia berlaku dalam keadaan dia terseksa menanggung perasaan bersalah?

Pada mulanya Asfar bertekad mahu membuang kisah silam dari kehidupannya. 'Ah persetankan semua itu!' bentak hati kecilnya. Semua orang mempunyai kisah silam masing-masing, sama ada yang baik atau buruk. Itu asam garam yang dipanggil sebuah kehidupan dan memang sudah menjadi fitrah manusia.

Lagipun Inara menurut Umar, sudah lama meninggal dunia. Fikiran jahatnya mahu mengabaikan kesilapan itu agar luput dalam jurnal kehidupannya sementelah waktu itu dia baru berusia 18 tahun.

Darah mudanya ketika itu bergelora. Tapi Asfar tidak menyangka Inara harus menerima penderitaan itu bersendirian akibat perbuatan mereka. Namun kini Asfar tidak mampu berbuat apa-apa. Mereka terputus perhubungan, yang akhirnya menyingkir perasaan cinta mereka. Kini yang datang kepada Asfar adalah masa silam yang mencari bayangan dirinya. Asfar mahu bertanggungjawab dengan perbuatannya. Namun tersingkap detik detik perpisahan berlaku tanpa diminta.

Perbuatan kejinya sering menghantui. Asfar gelisah, dia tidak mahu dosa itu menjadi perhitungan di akhirat nanti! Bagi Asfar, neraka jahanam adalah seburuk-buruk tempat perbaringan! Asfar menggigil ketakutan bila memikirkan perhitungan amal dan azab daripada Tuhan.

Asfar tidak dapat mengatasi perasaan bersalahnya terhadap Inara juga terhadap Dura.

Asfar cuba mendodoikan dirinya sendiri dengan menerima kenyataan bahawa dirinya ialah manusia biasa yang tidak terlepas daripada membuat kesilapan. Insan yang daif.

Namun perasaan itu tidak berjaya mengubah perasaan bersalahnya. Walhal Asfar mengerti bahawa Allah itu Maha Pengampun dan Maha Penyayang. Dan Allah akan terima taubat hamba-Nya!

Namun kata-kata itu tidak mengurangkan penderitaan yang dipikul.

Asfar selalu merasakan perbuatan yang dilakukannya pada waktu silam adalah dosa yang terlalu besar.

Lantaran itu dia berusaha keras untuk menghilangkan perasaan bersalah.

Asfar banyak mengaji dan berpuasa. Dalam kesedihan yang sering menekan jiwanya membuat Asfar ingin sendirian. Ini bukan bermakna kasih sayangnya terhadap Dura sudah pudar.

Dura berada sepanjang masa dengannya.

Siang malam orang yang pertama dan terakhir yang ada di sisinya ialah Dura. Makan bersama, duduk menonton TV bersama namun mereka jarang sekali berbual seperti dahulu.

Sekiranya Dura duduk di sebelah Asfar, tanpa berkata apa-apa, Asfar terus beredar dari situ.

Waktu itu Dura mahu menjerit menangis. Namun dipendamkan sebaknya. Perasaan yang paling buruk dalam hidup ialah bila kita menyedari bahawa orang yang dipercayai tidak menyayangi dan berbohong. Kasih sayang itu bagaikan sebuah kaca. Ketika perasaan itu terluka, masih boleh diterima kata-kata maaf namun bekas luka itu mungkin sukar diperbaiki kembali. Dura perlahan-lahan menjauhi kerana Dura tahu hati dan mata Asfar tidak melihatnya.

Asfar tidak lagi merangkul bahu Dura atau memeluk Dura seperti dulu. Tiada panggilan sayang atau bidadari yang dilontarkan. Dura hanya tersenyum mengekori bayangan Asfar yang menuju ke meja makan dan membuka kitabnya. Ucapan manis dan manja sudah terpenjara dalam lubuk hati Asfar. Semuanya berubah seperti berubah musim silih berganti.

Apa yang tinggal ialah penceritaan yang belum bermula.

"Kenapa kanda sering bermuram?" tanya Dura.

Asfar tidak menjawab.

"Adakah ada perbuatan sayang yang melukakan hati kanda?" tanya Dura lagi.

Asfar tetap tidak menjawab sebaliknya Asfar hanya diam membisu.

Beberapa kali Dura cuba mencuri ruang mencari pengertiannya, namun Asfar sering menjauh semua pertanyaan Dura. Banyak perbuatan Asfar sejak kebelakangan ini memaku luka dalam hati Dura. Namun Dura masih mampu tersenyum dan cuba membuat Asfar rasa bahagia. Dura tidak mahu menderhaka pada suami yang tercinta. Taat setianya tetap pada Asfar. Walaupun dalam lubuk hatinya terasa bahawa Asfar kini hanya simpati padanya. Asfar masih ada di sisinya semata-mata kerana simpati, bukan cinta bukan sayang.

Walaupun Asfar tidak tergamak berkelakuan seperti itu terhadap Dura tetapi belum masanya untuk mengaku kesilapannya di hadapan Dura. Dura terlalu baik untuk disakiti.

Dura ialah sahabat dan teman sejatinya sepanjang hayat.

Tampak kekesalan di wajah Asfar. Asfar benar-benar sedih dan pilu.

Asfar melihat keadaan di persekitaran rumah yang turut sunyi dan sepi. Kesepian suasana ruang rumah itu seperti menghantuinya. Tidak diduga begini peritnya hatinya kehilangan Dura. Begitu sepi dan pilu.

Asfar memejamkan matanya. Asfar cuba bayangkan wajah Dura yang bujur sirih yang sedang memasak di dapur. Kadangkala terdengar suaranya menyanyikan lagu-lagu kegemarannya. Lagu Sesungguhnya dari kumpulan nasyid Raihan dinyanyikan berulang kali. Asfar terbayang wajah Dura yang sering duduk di meja makan sambil sibuk melayan teman-temannya di FB atau melihat WhatsApp. Adakalanya terdengar suaranya yang mengomel sesuatu. Asfar sering mencelah.

"Sudahlah tu, jangan cari dosa kering," sergah Asfar dari arah sofa ruang tamu.

Dura menoleh ke arah suara itu.

"Kita pinjamkan telinga untuk berkongsi masalah. Ada orang perlukan ruang untuk ringankan sebak dan beban yang tersimpan dalam hati." Dura menjeling Asfar dengan dahi yang berkerut.

"Jangan tambah masalah dalam hidup dengan masalah orang lain," sambung Asfar.

"Setakat pinjamkan lubang telinga mendengar keluhan, tak lebih dari itu. Sekiranya terdaya, kita bantu atau setidak-tidaknya tunjukkan jalan yang betul untuk atasi masalah mereka," terang Dura dengan panjang lebar sambil menjeling.

"Cepatlah habiskan!" teriak Asfar dari sofanya.

"Kanda tak boleh tengok sayang senang," kata Dura.

"Dura oi, marilah cepat duduk sini," rayu Asfar.

"Nanti. Sayang dengar kanda panggil!" jerit Dura dari meja makan.

"Dura, ooo... Dura... Ooo... Doraemon!" Terdengar gelak Asfar geli hati. Asfar terhibur dengan usikannya sendiri yang memanggil Dura dengan gelaran Doraemon. Wajah kartun Doraemon yang bulat sangat comel.

"Jangan panggil sayang Doraemon. Nama sayang Dura binti Shaik Hasan." Lantang suara Dura mempertahankan dirinya. Dura tidak suka dirinya disamakan dengan watak kartun itu. Sebenarnya dia terhibur dengan usikan itu. Sengaja dia berpura-pura merajuk supaya dapat dipujuk.

"Kanda tahu, Cikgu Dura." Asfar menyakat isterinya.

"Kanda ni kalau tak sakat sayang tak boleh ke?" kata Dura menjeling dan merajuk.

"Janganlah marah, nanti cepat tua. Dalam rumah ini cuma kita berdua. Kanda nak bual dengan siapa?" sela Asfar sambil merenung Dura.

"Aira itu dah 28 tahun, tak mahu kahwin-kahwin. Kalau tidak, sudah bercucu pun kita," keluh Asfar.

"Kanda sendiri yang bilang, jodoh jangan dicari. Jodoh sudah ditetapkan dan pasti datang. Macam datangnya hujan yang membasahi bumi," perli Dura.

"Maksud kanda, pertemuan dan perpisahan memang sudah ditakdirkan," kata Asfar.

"Kalau dah tahu begitu. Bersabarlah hingga datangnya jodoh Aira," ungkap Dura.

"Sayang perli kanda ke?" soal Asfar.

"Maaf, memang tiada niat dan maksud begitu. Tapi kalau kanda terasa begitu, sekali lagi maafkan sayang," kata Dura dengan lemah lembut sambil mengangkat bahunya.

"Cikgu bahasa Melayu memang pandai bermain bahasa," sela Asfar.

"Sudahlah, mari kita makan," pelawa Dura. Mereka melangkah bergandingan menuju ke dapur. Asfar seorang yang periang dan suka menyakat Dura. Sakat-menyakat menjadi penyeri rumah tangga mereka.

Dura ialah Hawanya yang sering membuat Asfar rasa bertenaga dalam kehidupan ini.

Dura selalu memimpin kesedihannya dalam mengharungi liku kehidupan.

Dura membuat Asfar sempurna dalam sebuah kehidupan.

Dura membuat Asfar menjadi permata dalam hidupnya. Dura kesayangan Asfar.

Siang malam Dura dipanggil sayang setiap kali Asfar berkata-kata. Sebutan kanda dan dinda berpuluhan tahun bermain di bibir mereka berdua. Sebutan yang romantis yang mengenalkan mereka kepada perasaan cinta yang mendalam hingga kini. Tetapi kekuatan badai yang melanda membuat membuat Asfar tersadai di tepi pantai dengan belenggu rindu yang menjadikan Asfar seorang perindu yang membisu seribu bahasa. Mengunci kata dalam bahasa kekesalan.

Mengapa takdir menentukan bahawa dia bertemu dengan Umar? Mengapa?

Pertemuan dengan Umar membawa kehancuran dalam hidupnya. Haruskah Umar disalahkan? Haruskah disalahkan takdir? Haruskah kisah silam dibuang sahaja? Haruskah Asfar buang jauh-jauh semuanya di tengah lautan memori? Dan Dura tidak perlu tahu langsung.

Namun bila duduk berfikir, Asfar merasa ini adalah isyarat yang dihantar kepadanya bahawa dia seharusnya bertaubat dan lebih bertakwa. Itulah yang Asfar lakukan setelah berjumpa Umar.

Apabila memikirkan dosa, pahala dan taubat Asfar lebih suka diam membisu. Susah hendak diajak berbual apatah lagi bergurau. Asfar sering termenung panjang. Perasaan bersalah yang menghentamnya dari belakang membuat Asfar cuba menjauhkan dirinya daripada Dura. 'Dura sayangku,' kata hati kecil yang selalu membuat pengakuan. Dura tidak harus dipalitkan dengan dosa silamnya. Dura ialah bidadarinya.

Asfar mahukan ketenangan dan mencari dirinya sendiri. Dura yang sering dimanjakan, yang sering didakapnya yang sering dibelainya merasa amat tersisih dengan perubahannya.

Dura ialah cahaya dalam kehidupannya, kerana itu Asfar takut untuk berterus terang, Asfar khuatir cahaya itu akan pudar dan muram. Dia tidak mahu kehilangan Dura. Asfar menyusun nafasnya satu per satu.

Bukan Asfar tidak dapat menerima kenyataan dan ketentuan takdir!

Kehidupannya seperti kehilangan kata-kata. Hidupnya kehilangan rasa. Perasaan itu meluruh meninggalkan kasih sayangnya terhadap Dura.

Asfar berubah menjadi enggan bercakap dan menghindari banyak pertanyaan daripada Dura. Asfar mengeluh bila terbayang kembali apa yang telah dilakukan terhadap Dura.

Dipejamkan mata dengan rapat. Asfar tidak mahu melepaskan bayangan Dura keluar dari ruang matanya. Asfar takut sekiranya bayangan itu lenyap dari ruang matanya. Asfar berusaha terus namun bayangan itu perlahan-lahan menjauhi. Asfar terasa sebak.

Masa terus beredar berganti angka. Asfar duduk di atas sofa melayan hatinya. Asfar seperti dikejutkan oleh perasaannya sendiri. Perasaannya yang menyalahkan dirinya yang tidak mengendahkan suara-suara suara Dura yang merintih kesakitan semasa kemalangan itu. Asfar harus mengaku bersalah.

Tetapi haruskah dia menyalahkan dirinya sendiri? Atau apa yang berlaku sudah ditakdirkan? Semua keadaan sudah tertulis dalam kitab takdir.

'Wahai sayangku, wajahmu seindah pelangi yang indah,' bisik hati Asfar.

"Wahai sayangku, cintaku seharum mawar yang berkembang. Percayalah," rintih Asfar lagi.

'Ya Allah kenapa kau biarkan ini terjadi kepada sayangku?' Sentap bisikan itu ke dalam hati Asfar.

Asfar menutup mukanya dengan kedua-dua belah telapak tangan. Dan tiba-tiba dia tersentak.

Asfar menarik nafas dan mengucap astaghfirullah berulang kali. Dia seperti tersedar kembali bahawa dia hanyalah hamba yang akan diuji dengan uijian. Allah ialah sebaik-baik Pencipta yang menentukan segalanya.

"Ya Allah... Ampunkan dosa-dosaku. Aku kehilangan kekuatan."

Hatinya tersobek lagi dengan kesedihan. Air matanya mula menitik satu per satu menuruni pipi yang kempis. Nafasnya sesak menahan sebak. Fikirannya bertambah kosong. Asfar menjadi buntu, tidak tahu apa yang harus dilakukan. Anggota tubuhnya seram sejuk. Asfar cuba bayangkan wajah Dura. Namun bayangan itu sukar berada dalam benaknya. Seolah-olah gambaran itu tidak boleh dimuat turun oleh otaknya.

Resah Asfar memuncak, dia berjalan ke hulu ke hilir di ruang tamu. Asfar bertanya-tanya dalam hati kenapa hingga saat ini Aira masih belum memberi sebarang berita mengenai Dura? Cemasnya berganti resah. Asfar terduduk lagi di atas sofa kemudian dia mengeluh dan menenangkan dirinya sendiri.

'Dura cuma terjatuh di bilik air, pasti semua berada dalam keadaan baik,' pujuk hati Asfar. Banyak persoalan yang timbul dalam benaknya. Mungkin Dura sudah sedar sekarang. Mungkin Dura sudah membuka matanya. Mungkin Dura sudah berada di atas katil berehat. Mungkin Aira sedang bercakap-cakap dengan Dura. Tapi kenapa hingga saat ini Aira masih tidak memberi sebarang mesej? Entah kenapa, Asfar merasa suatu kehilangan.

Asfar tahu Dura akan cepat sembuh dan kembali semula menemaninya setiap hari seperti biasa. Asfar beristighfar berulang kali, dia kemudian berdoa dalam hati. Degup jantungnya kembali stabil.

Asfar mengatur nafas satu per satu. Asfar masih menunggu berita daripada Aira. Sudah 3 jam berlalu namun Aira masih tidak memberi sebarang berita. Asfar cuba menelefon Aira beberapa kali tapi tiada jawapan. Asfar cuba SMS dan WhatsApp tetapi masih tiada jawapannya.

Tiba-tiba Asfar sedar dan menginsafi dirinya. Dia tahu dia tidak boleh mengelak dari takdir.

Dirinya diuji sebegini rupa dan tidak semestinya dia perlu menjadi kalut tak tentu arah. Baru 3 jam berpisah dengan Dura jiwanya sudah lintang-pukang. Nafasnya seperti ombak rindu yang bergelora di lautan. Asfar termenung lagi membelai persimpangan dengan seribu hujah. Asfar lantas ingatkan dirinya dan bermuhasabah akan dirinya.

Asfar teringat kisah Nabi Adam as. Nabi Adam as terpisah dengan isterinya, Siti Hawa bertahun-tahun lamanya. Nabi Adam dan isterinya diturunkan ke bumi setelah didapati melanggar perintah Allah SWT atas hasutan syaitan.

Dari syurga dibuang ke dunia. Nabi Adam AS dan Siti Hawa terpisah bertahun-tahun lamanya. Kemudian Allah mempertemukan kedua-duanya di tempat yang sekarang disebut Jabal Rahmah di tengah Padang Arafah di Mekah Al Mukarramah. Pertemuan Nabi Adam dan Siti Hawa di Padang Arafah ini disebut sebagai sebuah kisah cinta abadi. Padang Arafah menjadi saksi sejarah pertemuan setelah diusir dari syurga.

Pertemuan yang mengharukan bertemu dalam satu kasih sayang, satu tekad beribadah kepada Allah Yang Maha Agung. Selama berpisah, mereka bertahan hidup seorang diri di bumi yang jauh berbeza dengan kehidupan di syurga. Setiap hari, kedua-duanya juga saling mencari satu sama lain dan berdoa dengan tulus serta ikhlas kepada Allah agar mereka dipertemukan dan disatukan kembali.

Jabal Rahmah atau bukit Kasih Sayang juga tempat berziarah untuk merenungkan betapa kasih sayang Allah kepada kita semua sangat luar biasa, tidak dapat dihitung-hitung nikmat Allah. Sesungguhnya Allah benar-benar Maha Pengampun Lagi Maha Penyayang.

Jabal Rahmah adalah lambang betapa kasih sayang Allah tak terhitung. Betapa Allah mengampunkan dosa Nabi Adam yang melanggar larangan-Nya setelah bertaubat.

Sebagai hamba, kita harus beristighfar, bertasbih, bertakbir dan bertahmid mengagungkan Allah Yang Esa.

'Ya Tuhan kami, kami telah menganiaya diri kami sendiri, dan jika Engkau tidak mengampuni kami dan memberi rahmat kepada kami, nescaya pastilah kami termasuk orang-orang yang rugi. Sesungguhnya solat, ibadah, hidup dan matiku hanyalah untuk Allah, Tuhan semesta alam, tiada sekutu bagi-Nya. Dan demikian itulah yang diperintahkan kepadaku dan aku adalah orang yang pertama menyerahkan diri,' sambung doa Asfar dalam hatinya. Hatinya damai kembali dalam takdir. Asfar mengambil hikmah dari kisah ini agar dia tidak mudah tergoda rayuan syaitan. Seharusnya dia semakin tawaduk menjalankan segala perintah serta menjauhi larangan Allah dengan tulus serta ikhlas.

Asfar tidak mahu kelalaiannya merosakkan ketakwaannya. Dia harus bertahan. Dura baru tiga jam berjauhan dengannya. Bukan tiga bulan, bukan 3 tahun atau tiga puluh tahun.

Asfar lantas beredar menuju ke bilik air. Dia merenung sekitar ruang bilik air itu. Di situlah tempat Dura jatuh dan rebah. Asfar merenung tempat itu. Kemudian dia teruskan niatnya untuk mengambil wuduk. Asfar langsung menunaikan solat sunat. Dalam doa, dia menangis. Asfar berdoa agar Dura cepat pulih. Asfar tidak mahu mencari Dura di mana-mana kerana Asfar tahu Dura tetap berada dalam hatinya. Asfar memohon kepada Ilahi agar pulangkan Dura dalam pangkuannya.

Asfar teresak-esak dalam doanya. Disiram semua doa tulusnya dengan air mata yang selama ini tidak pernah dilakukan. Selalu Asfar lebih kuat. Kali ini Asfar benar-benar menagih simpati daripada Ilahi. Asfar mengerti erti takwa.

Asfar tahu benar apa erti qadak dan qadar dalam erti kehidupan. Asfar sujud mencari arah agar kepiluan itu tidak memerangkapnya dengan hasutan yang lebih buruk. Asfar harus menghentikan hasutan dan suara yang membimbangkan ketulusan hatinya nan kudus.

Hatinya yang selamanya tidak pernah berhenti mencintai Ilahi Yang Esa.

Cinta utama dan utuh tanpa berbelah bagi. Hatinya berjanji sampai mati cintanya pasti kepada Yang Esa. Cintanya tidak akan berhenti dan membuat dirinya menyendiri atau mudah mengarah hati pergi jauh menapak ke arah persimpangan dari Yang Esa.

Kalau diikutkan hati, rasanya mahu dia menikam-nikam hatinya lalu menghumbankannya ke dalam longkang yang busuk. Kerana jiwanya lemah baru diduga dengan ketiadaan Dura. Jiwanya menjadi lemah tidak mampu berbicara dengan kekuatan yang ada. Perasaan bersalah dan resah dihantui dosa yang tidak boleh dianggap remeh.

Memang manusia dicipta berlainan. Di sebalik kehidupan yang sama, wujudnya perasaan bersalah yang berlainan. Dan perasaan bersalah itu memberi kesan pada kehidupan manusia. Perasaan bersalah itu sebagai tanda amaran supaya keadaan emosi diberi perhatian. Pada masa yang sama, kadangkala perasaan bersalah menjadi halangan dan membantu perubahan tingkah laku. Begitulah yang terjadi pada Asfar yang terdampar dengan pasang surut perasaannya!

2

Aira masih menunggu di luar wad. Dia masih menunggu bersama sekeping hati yang penuh harapan melewati semua kesedihan. Aira mencari kepastian dengan tenang. Doanya tidak putus-putus dalam hati mahukan Dura cepat sedar. Hampir lima jam Aira berada di rumah sakit, namun Aira masih terus disuruh menunggu dan menunggu.

Penantian adalah sesuatu yang amat menyakitkan. Aira sendiri tidak tahu berapa lama penantian ini akan berakhir. Bateri telefon bimbitnya sudah lama mati sampai tidak punya kesempatan dicas. Aira Naina tahu mungkin Asfar risau dan marah kerana tiada berita yang dikhabarkan. Dia tidak tahu apa yang harus diberitahu pada Asfar. Semuanya belum pasti.

Suasana di ruang menanti di rumah sakit ini terlalu sibuk. Keadaannya hura-hara dengan pergerakan yang pantas oleh pasukan barisan hadapan. Mereka bergerak dengan langkah yang pantas menuju ke sana ke sini, kemudian ke sana dan ke sini lagi untuk menangani kes-kes jangkitan Covid 19 yang dimasukkan ke dalam unit-unit rawatan. Keadaan seperti di medan peperangan.

Covid 19 yang melanda seluruh dunia adalah musuh sejagat manusia. Musuh yang sudah meragut beratus ribu jiwa di merata dunia. Mereka yang bertugas di barisan hadapan adalah seperti para doktor, para jururawat dan semua kakitangan hospital. Mereka adalah kelompok pentempur di barisan hadapan yang bertungkus lumus tanpa mengenal penat lelah. Tanpa menghiraukan makan dan minum, mereka tetap akur dengan tugas mereka dan berjuang pada tahap darurat. Tindakan pantas kelompok barisan hadapan berjaya mengurangi risiko penularan. Sistem di rumah sakit juga telah diubah dengan bertambahnya peraturan dan sekatan. Di samping itu, hospital jua menyediakan ruang yang memadai, agar penjarakan fizikal antara pesakit dan pelawat dapat diamalkan.

Dengan peraturan ini, diharapkan jumlah orang yang terinfeksi tidak melonjak sehingga sistem rumah sakit tidak mampu melayani kebanjiran pesakit yang dijangkiti. Banyak rumah sakit di seluruh dunia dalam keadaan 'nazak' kerana terlalu ramai pesakit yang dijangkiti sedangkan katil dan kakitangan tidak mencukupi untuk menanganinya.

Aira menanti di bilik penantian. Suasana di bilik itu sunyi dan sepi. Menerusi dinding kaca, Aira melihat langkah-langkah yang bergerak seperti kilat menjalankan tugas.

Pelawat yang berada di ruang hospital tidak dibenarkan bergerak ke hulu ke hilir seperti langkah tapak kaki para pekerja di barisan hadapan. Mereka hanya dibenarkan menunggu di tempat khas yang sudah disediakan.

Pasukan barisan hadapan yang serba lengkap memakai pakaian lengkap PPE kelihatan bergegas dan pergerakan mereka pantas menangkah waktu dan hanya mereka yang faham apa yang berlaku. Setiap langkah mereka bagai mengejar waktu, memburu cahaya mentari yang bakal pergi dan meninggalkan purnama dengan sepotong doa di sudut hati yang tertinggal. Terdengar suara tangisan dan esakan yang hiba, Aira tidak mahu melihat babak-babak itu. Aira pura-pura tidak melihat adegan itu. Aira mencapai majalah di atas meja lalu pura-pura membacanya. Aira memang cepat tersentuh dan mudah menangis walaupun untuk hal yang kecil.

Aira seperti dipesan, tidak ke mana-mana, hanya menunggu di bilik itu. Sekiranya keluar dari bilik ini, Aira khuatir akan dilarang masuk semula. Tadi Aira diberikan biskut dan minuman yang dibungkus khas. Beberapa kali Aira menarik nafas.

Sebelum ini Aira tidak mahu terlalu memikirkan gelojak dunia pada ketika ini. Baginya, yang perlu hanya mengikut arus dan jalan yang telah disediakan. Kalau terlalu banyak memikir, boleh jadi gila dan kecewa. Hidup terlalu banyak perubahannya dalam zaman norma baru ini. Baru tiga minggu perintah pemutus jangkitan dilaksanakan tapi keadaan amat menyayatkan hati.

Ramai yang menjadi mangsa jangkitan Covid 19. Dan bermacam-macam warna keserabutan, warna kepiluan yang terpapar. Sedang matanya meneliti muka-muka depan majalah di atas meja, tiba-tiba seorang doktor singgah di hadapan dinding kaca bilik itu sambil melambaikan tangan.

Aira tidak membalas lambaian itu. Tetapi degupan jantungnya berdetik dan berdentum. Semacam ada perasaan aneh singgah dalam hatinya. Seperti ada sentuhan rasa yang sukar difahami.

Aira tidak bergerak dari sofa di tempat duduknya. Dia memandang tepat ke wajah itu. Doktor tinggi lampai itu lengkap dengan PPE dan pelitup muka serta *face shield*, yang kelihatan hanya dua biji mata. Selang beberapa saat, doktor itu berlalu dari situ. Dari kejernihan kornea mata itu, mengingatkan Aira pada seseorang. Setelah berfikir, hatinya keras menafikan. Aira tidak dapat pastikan sama ada doktor itu adalah doktor yang bertugas merawat Dura atau tidak. Sekiranya benar, tentunya doktor tinggi lampai itu akan masuk dan berjumpa dengannya untuk memberitahu berita yang penting atau mustahak atau sekurang-kurangnya bercakap dengannya.

'Peliklah!' bentak hati Aira yang sudah penat menunggu di situ. Dalam persoalan yang berlegar dalam benaknya, Doktor Yuna muncul dan berdiri di depannya.

'Akhirnya...' Bicara suara kecil berbisik dalam hati. Keluhannya ditarik panjang. Doktor Yuna menyedari itu. Menurut Doktor Yuna, pasukannya sedang berusaha sedaya upaya untuk menyelamatkan Dura. Dari pemeriksaan *scan*, MRI dan *ultrasound* terdapat darah beku di kepala Dura. Pasukannya masih mahu bertekad untuk menjalani *ultrasound* yang terakhir sebelum memberi diagnosis yang tepat. Dari situ baru pakar dapat memberi nasihat jenis rawatan apa yang perlu disegerakan.

"Buat masa ini, Dura masih tidak sedar," cerita Doktor Yuna. Aira hanya tunduk menahan air matanya. Tiada kata-kata yang boleh dituturkan. Semuanya tersekat di kerongkong.

"Kami berusaha sebaik mungkin, itu tugas kami. Namun masih ada kuasa yang lebih besar. Walaupun saya doktor, saya juga tidak mampu mengatasi takdir. Nasihat saya, banyakkan berdoa moga keajaiban berlaku," kata Doktor Yuna sambil tersenyum. Dalam suara itu ada kegetiran. Ada kepiluan yang berlabuh di telinga Aira. Aira hanya berdaya menganggguk kepalanya.

"Aira, awak boleh pulang. Kalau ada yang penting, saya beritahu," ujar Doktor Yuna. Tanpa menunggu kata-kata daripada Aira, Doktor Yuna pergi meninggalkan Aira di situ. Aira memandang kelibat Doktor Yuna yang hilang dari pandangannya dengan langkah yang pantas. Hilang di celah-celah kesibukan pasukan yang bertugas.

Di ruang bilik yang kecil yang tidak menjanjikan sebarang kepastian itu perasaannya mula sebak. Dia tidak mampu kehilangan Dura. Dilihatnya wajah Dura di telefon bimbitnya. Telefon bimbitnya baru siap dicas menggunakan pengecas yang terdapat di dalam bilik khas itu. Dura yang selalu memberi kekuatan dalam dirinya. Dura yang menjadi pembakar semangatnya.

Dura yang senantiasa menjadi teman kala dia sedang bersedih dan berduka. Dura menjadi teman sembangnya waktu kesepiannya melanda. Dura yang sering menjadi teman makan aiskrim sewaktu dia merasa bosan dengan kerja hariannya. Aira mendengus. Kemudian *handphone* berbunyi menandakan ada mesej yang masuk. Aira lihat banyak mesej daripada Asfar. Pada mulanya Aira mahu menelefon Asfar, kemudian Aira membatalkan niatnya. Aira tahu perkataan yang bakal dilafazkan oleh Asfar. Asfar mungkin tidak faham perasaan Aira dan perkataan yang bakal keluar nanti akan melukakan hatinya.

Asfar akan memarahinya dengan semua hujahnya. Hujahnya yang sering menyakitkan hati. Tak tahu kenapa perasaan marahnya meluap-luap sejak kebelakangan ini. Sekiranya Asfar respons pada panggilan Dura, mungkin Dura tidak sampai pengsan begini. Mungkin Dura dapat diselamatkan. Aira mengeluh. Geram dan sedih. Asfar sering buat bodoh dan buat tidak mendengar akan suara Dura. Itulah perubahan perangainya sejak akhir-akhir ini. Kalau diajak bersembang, dia akan membisu seribu bahasa. Entahlah apa yang difikirkannya. Dura sering mengadu pada Aira.

"Entahlah. Tak tahu apa salah umi," kata Dura dengan sedih.

"Umi mungkin *make him sometimes annoying*," celah Aira, cuba berjenaka dengan Dura.

"Umi sengaja nampakkan suasana ceria, kalau tidak wajah abah selalu suram," sela Dura.

"Mungkin abah sedih sebab kena berhenti kerja," jawab Aira untuk menyedapkan hati ibunya. "Ya mungkin, kesedihannya melebihi segala-segala," kata Dura seperti dia berkata kepada dirinya sendiri. Seperti dalam hatinya sedang mengalami suatu luka yang terlalu parah. Dura juga benar-benar tidak mengerti di mana kesilapannya. Dari detik mana yang Asfar ingin hapuskan? Dan nama yang mana ingin Asfar simpan? Sama ada dirinya atau ada orang lain? Semakin tua cinta semakin pudar. Tiada lagi ghairah. Memang benar, semakin tua cinta sejati susah dicari dan digali. Hati yang berdenyut di bumi mana pun selalu diusik cinta sejati dan cinta suci kerana ia penghias taman hati membuat manusia merasa bahagia, berbunga-bunga dan berseri-seri namun ia hanya mitos dan sekadar impian cinta suci. Cinta akan menemui titik bila musim berganti. Manusia akan merasa bosan dan muak untuk menghidupkan rasa dalam cinta. Kadangkala ia lenyap dalam usia senja dan terkubur dalam-dalam dan jauh-jauh hari yang berlalu. Tiada lagi lembutnya perasaan indah yang membuai yang membuat rasa ingin hidup seribu tahun.

Mustahil berlaku selamanya, semua akan luntur menggugat kedudukan perasaan itu. Ia tidak akan berkilau atau secerah saat-saat pertemuan dulu-dulu. Dura masih tunduk melihat lantai. Aira memegang tangan Dura. Dura menarik nafas panjang. Dipejamkan matanya. Sudah lama Dura tidak dengar suara manja yang selalu menyakat dan memujuknya. Sudah lama Asfar hilang bicara. Sudah lama Asfar tidak meluahkan dengan kata-kata, "Kanda tetap sayangmu, wahai adinda." Atau, "Kanda setia mencintai, wahai bidadariku". Dura rindu dengan luahan seperti itu. Ketika menerima penyataan perasaan cinta atau sayang, betapa bahagianya perasaan Dura. Seakan-akan mahu hidup seribu tahun lagi. Seakan-akan Dura merasa dirinya senantiasa muda remaja dan yang paling tercantik manakala Asfar yang tertampan di matanya.

Bila direnung di depan cermin, usianya sudah enam puluh tahun, sudah merangkak jauh rupanya dia meninggalkan detik-detik manis menyulam perasaan itu. Dalam usia begini, luahan kata-kata ini kian menjauh dan menyepi. Kini yang menghampiri dirinya cuma perasaan kasihan yang dipaksa bertaut di dahan rapuh.

Memang usia senja tidak menjanjikan lagi cinta itu bersemi. Betapa kejamnya cinta itu. Betapa butanya cinta itu. Hanya cinta kepada Yang Esa tidak pernah pudar. Hanya cinta pada Yang Esa tidak pernah punah. Cinta itu tetap kekal abadi.

Memikirkan itu, Dura merintih di sudut hati mahu menangis. Dura merintih membuahkan tangisan. Cinta Asfar ternyata tidak luar biasa, hanya biasa-biasa seperti musim yang berganti. Cintanya tidak sesuci cinta Nabi Adam a.s dan Siti Hawa. Cinta agung dalam sejarah kemanusiaan. Cinta Asfar ada pasang surut seperti ombak di pantai. Buih-buih rasa simpati dan kasihan membusa di pinggir bibir Asfar untuk Dura kerana Dura adalah tanggungjawabnya. Dia perlu memberikan perlindungan kepada Dura. Betapa hinanya Dura merasakan pemberian itu. Cinta menduduki tempat paling atas dalam darjat rasa kemanusiaan. Cinta akan mengukuhkan perasaan kasih sayang tetapi perasaan kasihan dan simpati tidak akan menguatkan cinta.

Cinta akan membenarkan kesalahan yang dilakukan oleh orang yang dicintai dengan memaafkan dan rela berkorban demi kesilapan orang yang dicintai. Cinta itulah yang membuat Dura memberi ruang kepada Asfar. Diharap suatu masa dan waktu Asfar akan pulangkan cinta itu. Dan Dura akan kembali mendengar luahan perasaan Asfar seperti yang sering dinyatakan.

"Kanda menyayangimu, wahai adindaku. Kanda tetap mencintaimu, wahai bidadariku."

Demi menanti saat itu lagi, Dura harus mengalah dan sabar dengan penantian. Dura simpan cinta dan sayang kepada Asfar. Aira tidak pernah melihat Dura sesedih begitu. Aira memeluk ibunya.

Tidak semena-mena, Aira menjadi benci pada sikap Asfar yang terlalu mementingkan diri sendiri. Memang sejak kebelakangan ini Asfar menunjukkan sikap yang sukar difahami.

Dura sering mengadu kepadanya. Aira kasihan melihat Dura yang sering memberi laluan kepada Asfar. Beberapa kali Aira cuba memujuk dirinya agar jangan ada kuman benci di sudut hatinya yang boleh merebak seperti virus Corona yang bakal memusnahkan adat sebuah kehidupan. Aira harus akur Asfar ialah abahnya yang harus dihormati namun dia agak keberatan untuk pulang, dia masih mahu menunggu di situ. Biarpun berapa lama, Aira sanggup menunggunya. Demi Dura, Aira sanggup melakukan apa saja.

Sedang Aira tenang berfikir mencari penentuan, ada satu mesej masuk. Aira melihat dan membacanya. Ketika membaca mesej itu, doktor tinggi lampai muncul lagi di luar dinding kaca sambil melambaikan tangan.

Aira terpegun dan terkebil-kebil namun tidak membalas lambaian itu buat kedua kali. Hanya sedetik lebih kemudian doktor tinggi lampai itu berlalu dari situ. Kemunculannya hanya setakat memberi lambaian. Itu sahaja. "Peliklah doktor tu..." Aira bercakap pada dirinya sendiri.

Fikirannya masih tidak pasti sama ada mahu menunggu atau pulang sahaja seperti dinasihati Doktor Yuna. Aira kembali membaca mesej daripada Sarah. Sarah menanyakan khabar Dura. Aira membalasnya. Aira melabuhkan kepalanya di balik dinding kaca.

"Kau okey?" tanya Sarah.

"Aku okey, cuma aku sedih tengok keadaannya. " Aira meluahkan perasaannya.

"Aku harap kau sabar," nasihat Sarah.

"Aku cuba kuatkan hati ini..." sambung Aira.

"Itulah sebaik-baiknya..." sela Sarah lagi.

"Ada yang perlu aku bantu?" soal Sarah.

"*Not at this moments.*" Aira membalas.

"*Take care dear, pray for you,*" balas Sarah disertakan dengan *emoji love.*

Aira menarik nafas lagi. Kemudian Sarah *post* gambar anak lelakinya yang berusia lima tahun. Comel. Aira tersenyum melihat wajah anak tunggal Sarah. Akhirnya hasrat Sarah untuk duduk di rumah menjaga anaknya terkabul. Kini banyak masa digunakan melayan kerenah anaknya di rumah semasa bekerja dari rumah.

Di celahan kepiluan beribu jiwa yang menangisi pemergian orang-orang yang tercinta kerana Covid 19 namun masih ada segelintir umat manusia yang merasa beruntung menemukan kebahagiaan tatkala impian mereka tercapai. Beginilah dunia berputar di atas paku alamnya. Tidak semua manusia merasa keperitan dan sengsara dalam lingkaran malapetaka yang bertaut dalam pandemik ini.

Di seluruh dunia, jutaan orang telah meninggalkan pejabat bagi menyahut arahan pemerintah agar bekerja dari rumah. Itu adalah salah satu daripada langkah-langkah yang dapat mengurangkan penyebaran virus Corona. Adalah dianggap lebih aman jika semua orang duduk diam di rumah. Virus Corona akan menyebar dengan mudah di dalam satu kumpulan.

Dengan kata lain, banyak sudut di pejabat yang mampu menjadi sektor untuk penyebaran virus kerena sering disentuh manusia. Sentuhan permukaan di setiap sudut seperti laci, gagang pintu dapat menyebarkan virus berbahaya itu dengan mudah.

Sikap mengambil ringan penjagaan kebersihan, bersikap lalai dan leka juga akan memperburukkan keadaan. Dikhuatiri juga jika terdapat para pekerja yang batuk dan bersin lalu menyentuh dan berbicara dengan teman sepejabat tanpa berwaspada.

Kuman juga dapat disebarkan dengan tidak disedari oleh manusia yang terinfeksi.

Dalam norma baru kehidupan, orang ramai sering diingatkan berulang kali menerusi radio, surat khabar dan TV agar menjaga kebersihan diri. Cogan kata kita jaga kita dan kita jaga semua memberi peringatan kepentingan keselamatan bersama.

Pemerintah juga mengeluarkan arahan agar menjaga jarak sosial 1 meter yang sememangnya bukan hal yang mudah untuk dilaksanakan sepenuhnya. Namun mahu atau tidak, masyarakat harus melakukan penjarakan sosial untuk memutuskan penyebaran virus Covid-19. Maka pencegahan yang disarankan harus diikuti. Bagi mereka yang masih perlu bekerja atau berkegiatan di luar rumah perlu menjalankan protokol yang ditetapkan. Sejenak Aira terbayang kenangan semasa di pejabat.

Seciput senyuman terlukis di bibirnya. Satu per satu wajah-wajah temanya bertangkai di benak. Kerenah teman-teman pejabat yang sibuk menjalankan bertugas bermain dalam mindanya.

Aira ialah *Digital Marketing* serantauan. Dia dan rakan sekerja sibuk mengatur pengurusan perisian IT dan perunding cara bagi syarikat-syarikat antarabangsa yang bersedia membuat pelaburan di satu-satu negara. Teman-teman pejabatnya berasal dari pelbagai negara. Ramai yang berlainan bangsa dan agama. Dan waktu makan mereka adalah saat yang dinantikan untuk melupakan semua kekusutan dalam pekerjaan. Mereka akan makan bersama, ketawa bersama demi menghilangkan stres dengan klien yang banyak songeh.

Work from home mengungkap konsep baharu dalam bekerja. Saat bermula bekerja dari rumah, teman-teman Aira mengaku merasa lega dan merasa tenang dari masalah jangkitan Covid 19. Namun kesannya juga tidak begitu positif, muncul masalah disiplin dan produktiviti yang sukar dibendung. Selain itu, masalah yang ketara juga ialah masalah komunikasi.

Komunikasi jarak jauh ini memberikan tekanan baru bagi para pekerja. Komunikasi kerja jadi kurang lancar kerana pelbagai faktor. Terutama pekerja seperti sahabatnya, Sarah yang kadangkala di tengah-tengah perbincangan berkaitan hal kerja, terganggu dengan panggilan anaknya yang manja.

"*Mummy, I'm hungry,*" rayu Aniq. Kepala melentok di atas bahu Sarah yang sedang bermesyuarat secara atas talian bersama Aira dalam waktu pejabat. Aira yang berada dalam talian melambai ke arah Aniq. Aniq seperti tidak berdaya membalasnya.

"*Mummy still working, please wait,*" terang Sarah tegas.

"*But my stomach got sound. I cannot do my homework. Please mummy, please,*" rayu Aniq sekali lagi.

"*Aira, sorry la. We continue again later. You give 10 minutes. Will get back to you again.*

We have to solve this matters before si *kudut* tu menjerit!" cerita Sarah termengah -mengah.

"10 minit apa yang kau nak masak?" tanya Aira seakan-akan kehairanan.

"Tengoklah apa yang ada dalam peti sejuk. Campak campak aje. Janji boleh makan. Aniq pun tak cerewet. Okey-okey. Pergi dulu, " kata Sarah terburu-buru kemudian dia *offline.*

Aira nampak Sarah terburu-buru berlari menuju ke arah dapur diikuti Aniq yang sudah lapar pada pukul 11. 00 pagi. Aira hanya tersenyum melihat kerenah teman baiknya itu.

Tidak mudah menggalas tanggungjawab sebagai ibu tunggal. Keadaannya berbeza dengan mereka yang berpeluang membesarkan anak dengan bantuan pasangan. Ini antara cabaran yang terpaksa dilalui oleh seorang ibu tunggal seperti Sarah.

Dan kadangkala Sarah tidak mempunyai masa bagi diri sendiri kerana harus menggalas terlalu banyak tanggungjawab dan peranan sehingga tidak berkesempatan untuk bersosial dengan rakan-rakan, apatah lagi untuk menjalinkan hubungan istimewa. Dan selalunya mereka rasa bersalah sepanjang masa.

Banyak soalan daripada anak yang membesar tentang bagaimana perpisahan berlaku. Pertanyaan ini sedikit sebanyak mengembalikan kisah duka masa silam. Pembesaran anak itu sendiri akan terganggu bila melihat kekurangan dalam kehidupannya. Rindu pelukan seorang ayah adalah perasaan normal bagi seseorang anak. Begitu banyak keputusan yang perlu dibuat walaupun tak tahu betul atau salah tindakannya. Kadangkala sangsi dengan pertimbangan diri sendiri yang tidak pasti sama ada kekuatan atau tidak untuk menghadapi semua ini. Itulah pergelutan yang selalu berlaku apabila menjadi seorang ibu tunggal atau ibu dedikasi.

Walau seberapa banyak usaha yang dikerahkan dalam membesarkan anak, sebagai ibu tunggal ia seperti tidak pernah mencukupi. Sarah tabah mengharungi hidup dengan anak tunggalnya setelah berpisah dengan suaminya.

Dia tekad mahu membesar dan mendidik anaknya. Perjuangan untuk mendapat hak penjagaan Aniq telah diperolehi dengan perintah mahkamah.

Perebutan hak penjagaan dalam tempoh perbicaraan membuat Sarah seperti hilang arah. Aira masih ingat siang malam Sarah menangis. Sarah khuatir sekiranya hak penjagaan itu jatuh ke tangan bekas suaminya Zaful, yang berselingkuh di belakang Sarah.

Kata pepatah Melayu, sepandai-pandai tupai melompat, akhirnya jatuh jua ke tanah. Zaful sudah pun menikah dengan kekasih hatinya dan kembali semula ke Austria menyambung kontrak kerjanya selama tiga tahun di sana.

Sarah tidak mahu Aniq dibawa lari jauh daripadanya. Semasa kehamilan dan kelahiran, Zarul tidak pernah pulang ke pangkuannya. Semua itu sudah cukup memberi pengajaran baginya. Kini, Aniq adalah segala-galanya. Dia ialah seorang ibu yang tidak boleh dipisahkan dengan anaknya.

"Okey *settle*, Aniq dah makan," terang Sarah.

"Kat mana sekarang?" soal Aira.

"Dalam bilik, sambung kerja sekolah," sela Sarah.

Tiba-tiba terdengar benda jatuh. Aira dan Sarah terkejut. Secara spontan Sarah menjerit.

"Aaaaaniq... " Suara Sarah memecah suasana.

"*Yes mummy....* " sahut Aniq dengan lantang.

"*Are you okay*? " jerit Sarah lagi. Aira yang ada dalam talian merasa bingit. Suara jeritan Sarah seperti halilintar membelah bumi.

"Okey," jawab Aniq pendek seperti ketakutan.

"OK *or* KO?" tanya Sarah lagi. Dia mahukan kepastian.

"*KO* itu apa, *mummy*?" sahut Aniq dari dalam kamarnya.

"*Stop it*!" Suara marah Sarah kedengaran.

"Beg sekolah terjatuh," terang Aniq.

Aira tersenyum mendengar semua perbualan itu. Sarah memegang kepalanya. Mahu dimarahi, anak itu anak kecil yang masih belum mengerti tentang apa yang harus dilakukan.

Atau mungkin juga Aniq sudah mual duduk di rumah tanpa dibenarkan keluar bermain.

"Eh janganlah garang sangat, *just a little boy*, " sakat Aira.

"*Beb*, kau belum jadi ibu, kau tak tahu bagaimana perasaan aku," jelas Sarah.

"Kadangkala aku salahkan diriku yang mahukan semua. Tapi sebenarnya aku tak berdaya. Tapi aku tidak boleh putus asa..." Suara Sarah yang hiba terdengar melantun keluar.

Sarah menarik nafas sambil mengesat kelopak matanya. Walau di skrin Zoom, namun Aira dapat melihat butir-butir air yang bening melintasi ruang mata seorang ibu. Begitulah cabaran yang dihadapi setiap kali perbincangan dalam *online* berlaku.

Aira mengeluh. Kerja yang boleh diselesaikan satu hari kini mengambil masa seminggu kerana harus berkomunikasi satu per satu dalam membuat pengesahan.

Kalau di pejabat, dalam sebuah mesyuarat saja, keputusan dapat dicapai dengan cepat. Dan keputusan adalah muktamad. Kini mustahil dapat dicapai keputusan sebegitu. Adat bekerja berubah bila semua harus bekerja dari rumah.

Tiga minggu bekerja dari rumah banyak memberi perubahan dari segi mental dan emosi. Semuanya terasa terjejas. Sedang Aira dan Sarah berbincang dengan projek baru dari Dubai, tiba tiba Aniq muncul lagi di skrin dengan membawa bingkai gambar persandingan Sarah 6 tahun yang lalu.

"*Aniq hate mummy.*" Suara Aniq mahu menangis. Aniq merajuk membuat muka.

Sarah tidak *mute* bunyi suara. Aira dengar perbualan mereka dua beranak.

"*When you married, why you didn't bring me take photo together?*" soal Aniq dengan mulut yang muncung. Dia benar-benar rasa Sarah tidak mempedulikannya.

"*What!*" jerit Sarah. Aira ketawa geli hati dalam talian.

"*OMG...*" sampuk Aira dengan mulut yang ternganga.

"Kawan Aniq, *during his mother wedding, he take photo together...*" cerita Aniq dengan sungguh-sungguh.

"*Okay, mummy sorry, okay? Sooo sorry.*" Sarah sudah kehilangan *mood* dan kata-kata.

"*Next time must bring me take photo okay?*" pinta Aniq seperti mahu menangis.

"*Promise. Enough okay. Mummy need to work. Can you continue do your homework inside your room?*" pinta Sarah sambil menggaru-garu kepalanya.

"*Yes mummy.*" Aniq mencium pipi Sarah dan berlari dari situ. Sarah menarik nafas panjang.

"Ai, kau dengar tu..." Sarah mengucap panjang berulang kali.

"Eee... *Relax* la. Anak kecil mereka memang *excited* nak tau. Kau harus sabar. Jangan jadi *lion mum. Cool*, Sarah!" Aira geli hati melihatkan gelagat anak Sarah.

Mereka berdua terus berbincang tentang projek yang telah dibatalkan dan kerugian yang harus ditanggung oleh syarikat. Hingga jam lima petang mereka berdua *offline*, tanda waktu kerja telah tamat. Begitulah dunia kerja kala pandemik Covid-1.

Aira cuma tersengih mengingatkan cebisan pengalaman baru dalam norma baru kehidupan. Senyuman sengihnya tersembunyi di balik pelitup. Tiada orang yang dapat melihatnya. Ketika Aira sudah bersedia mahu berjalan keluar dari bilik itu, Doktor Yuna muncul kembali. Melihat Aira masih berada di situ, Doktor Yuna agak terkejut.

"Awak masih disini," tegur Doktor Yuna.

"Saya mahu menjadi orang pertama yang tahu segalanya.... " kata Aira.

"Keputusan baru kami dapat, tapi..." Doktor Yuna terhenti di situ.

"Tapi apa, doktor?" tanya Aira dengan tidak sabar.

"Kami masih kurang pasti bila dia akan sedar kembali. *Team* saya akan membuat operasi untuk mengeluar darah beku di kepalanya. Saya dan pakar akan membincangkan soal ini bila pemeriksaan secara rapi dijalankan sekali lagi," jelas Doktor Yuna.

"Maksudnya umi saya akan berada dalam koma?" Mata Aira terbeliak.

"Untuk jangka masa berapa lama kami tidak pasti. Kami akan berusaha sedaya upaya," terang Doktor Yuna dengan tenang. Dia mengerti perasaan Aira.

"Sekarang baliklah dulu. Berehat," nasihat Doktor Yuna.

"Terima kasih, doktor." Suara Ayra hilang di antara kesedihannya.

Aira mengatur langkah menuju ke lif. Lif berhenti dan pintu terbuka. Dan hatinya berdegup tidak semena-mena seperti tadi. Aira cuba bertenang dalam diam. Perasaan aneh menyapanya lagi. Alangkah terkejutnya Ayra apabila di antara mereka yang berjalan keluar dari lif itu ialah doktor tinggi lampai. Doktor tinggi lampai itu menoleh ke arahnya tapi tidak melambai.

Walau sebentar renungan itu tapi renungan itu membawa pesanan yang mengetuk pintu hatinya. Aira merasakan degupan jantung seperti itu pernah berlaku lima tahun dulu. Jantungnya berdebar kencang saat bertemu dengan orang yang disukai dan dicintai. Namun bagi Aira itu kisah lama yang sudah dikuburkan dalam hatinya. Selepas itu tiada lagi terjadi degupan itu, seakan-akan tidak akan pernah terjadi lagi dalam hidupnya. Tetapi lambaian dan renungan doktor tinggi lampai membuat perasaan itu datang kembali.

Degupan itu ada persamaan, seakan-akan mengirimkan isyarat. Mengembalikan imbasan dan pertanyaan pada dirinya sendiri, siapakah doktor yang tinggi lampai sebenarnya?

Fikirannya melayang entah ke mana mengingati kekasih lama.

3

Otaknya seperti ada di luar kepala. Tidak tahu bagaimana harus berkata-kata lagi. Aira Naina masih teresak-esak. Kata kata Asfar menyakiti hatinya. Memang sukar nak bercakap dengan Asfar. Asfar selalu mempunyai pendiriannya sendiri yang tidak boleh dibantah. Aira mengesat air matanya. Asfarnya hanya memerhatikan, merenung Aira dengan pandangan yang tajam.

Hati Asfar tidak tergugat dengan air mata Aira yang membasahi pipi. Asfar diam membisu. Aira tunduk menahan sebak. Tiba tiba Asfar bersuara lagi.

"Tidakkah kau mengetahui bahawa sesungguhnya Allah Maha berkuasa atas setiap sesuatu?" soal Asfar sambil berdiri memandang Aira yang tidak berhenti menangis. Aira semakin sebak. Lalu dia memandang tepat ke wajah Asfar. Aira sudah dapat menyangka kata-kata seterusnya yang akan keluar dari mulut Asfar.

Aira hanya meminta Asfar pergi melawat Dura yang ada di hospital tetapi Asfar enggan. Aira boleh terima sekiranya Asfar enggan pergi kerana keadaan Covid 19 yang kian menular sekarang namun yang tidak dapat diterima ialah ceramahnya sepanjang masa. "Abah..." desis Aira Naina. Suaranya tersekat di kerongkong, Aira tak dapat meneruskan kata-katanya, seperti ada yang menyekatnya. Asfar terus memotong percakapannya.

"Allah berhak menentukan rahmat-Nya kepada sesiapa yang dikehendaki-Nya dan juga menguji kesabaran kita sebagai manusia. Allah mempunyai limpah kurniaan yang amat besar. Kita harus berdamai dengan takdir," terang Asfar panjang lebar.

Aira semakin tertekan. Dia menjadi bengang. Sudah lenyapkah perasaan kasihan dan simpati Asfar terhadap Dura? Padahal berkelakuan baik kepada isteri juga dituntut agama! Langsung tidak berhati perut.

Tuduhan demi tuduhan dilemparkan kepada Asfar. Aira langsung tidak memahami punca di sebalik perubahan sikap Asfar yang dingin. Sejauh yang Aira tahu, Dura tidak pernah lalai dengan melakukan tanggungjawabnya.

Takdir! Takdir! Itulah yang sering diucapkan oleh Asfar. Berdamailah dengan takdir. Itulah luahannya. Tapi siapakah pelaku yang membuat takdir itu terjadi? Aira tak kuasa untuk berbalah pendapat dengan Asfar yang keras kepala.

"Abah, Aira faham itu. Abah dah ajar dan terangkan dari dulu sampai sekarang. Abah selalu kata kehidupan ini sudah tertulis. Apa yang berlaku sudah ditakdirkan, tapi..." Aira menarik nafas sambil mengesat air matanya.

"Dah tahu tak apalah. Kalau masih curiga, boleh abah terangkan lagi..." sampuk Asfar.

"Takdir tidak akan buat umi seperti itu, kalau abah dapat menghalang takdir. Kalau cepat abah bantu umi semasa dia terjatuh. Mungkin takdir akan berubah. Abah mungkin dengar tapi abah ambil sikap berlengah-lengah." Sentap Aira melepaskan geram.

"Itu cuma alasan, tapi sebenarnya takdir yang sudah tentukan semua itu. Jatuh di bilik air hanya merupakan sebab dari takdir yang sudah tertulis. Kau faham?" jelas Asfar.

"Kita harus reda..." sambung Asfar bila Aira semakin tenggelam dalam kesedihan.

"Abah tak pernah rasa bersalah..." balas Aira. Asfar memandang tepat ke arah Aira.

Benarkah dirinya tidak pernah rasa bersalah? Tahukah Aira bahawasanya hati Asfar sudah penuh menampung duka kerana rasa bersalah? Tahukah Aira betapa dalam kasih dan sayangnya terhadap Dura? Tahukah Aira berapa pilunya dia melihat keadaan Dura? Tahukah Aira? Tahukah Aira? Betapa dan betapa, betapa dan betapanya!

Tahukah Aira betapa terseksa hidupnya dengan timbunan perasaan bersalah yang menghukumnya? Perbuatan Aira sering menyalahkan dirnya hanya menambahkan kesedihannya, menghimpit jiwanya.

"Takdir, takdir!" jerit Aira lalu beredar dari situ.

"Aira! Dengar sini, abah belum habis cakap," laung Asfar. Langkah Aira mati di situ, dia menoleh ke belakang. Aira berasa bersalah kerana meninggikan suara dan biadab dengan abahnya. Tetapi dia geram. Selama bekerja dari rumah, Aira perhatikan Asfar sering menghabiskan masanya mendengar syarahan dan mengaji. Walaupun sedang menonton TV, sekiranya Dura meneriak namanya, Asfar tidak pernah menoleh ke arah suara Dura. Dan Asfar sering abaikan Dura di sisinya. Dura hanya seperti bayang-bayang di bawah sinaran purnama. Sememangnya perangai Asfar yang dipanggil abah amat berubah. Asfar lebih banyak tenggelam dalam dunianya sendiri. Aira terkenang lagi.

"Umi, janganlah sedih," pujuk Aira dulu ketika dilihatnya Dura termenung jauh.

"Mungkin abah terlalu memikirkan nasibnya yang telah diberhentikan kerja. Apakan tidak, abah dah 40 tahun bekerja. Khidmat abah seperti tidak dihargai. Dulu abah pernah bilang kalau boleh nak kerja sampai 65 tahun, lagi tiga tahun aja. Ini tup-tup kasi surat suruh berhenti. Alahai, sedih juga. Tapi apa nak buat? Kita makan gaji," celoteh Dura di dapur bila Aira bertanya mengenai Asfar yang kelihatan muram sejak kelmarin. Dura tetap tidak menyalahkan perubahan sikap suaminya itu.

"Abah diberhentikan disebabkan kesihatannya. Nasib baik waktu kelmarin dua kali abah rebah, ada yang nampak dan terus berikan bantuan. Kalau tidak, tahu nak bayangkan," kata Aira, cuba menjelaskan perkara yang sebenarnya. Asfar adalah seorang pengawai polis peronda. Setelah tamat tempoh persaraan, Asfar meminta untuk bertugas sebagai penolong pentadbiran di jabatan yang sama. Permohonannya diterima namun Asfar harus bekerja mengikut kontrak yang diperbaharui setiap dua tahun sekali.

"Sejak itulah abah asyik termenung, susah diajak berbual. Abah banyak menghabiskan masa mengaji, mendengar syarahan dari

YouTube yang sering diulang-ulang. Kalau umi dekat, dia lari. Bila umi nak bercakap, dia lari. Seolah-olah umi ada buat salah. Tapi bila difikir-fikirkan, apa salah umi?" cerita Dura. Suaranya menjadi serak-serak basah menahan kesedihan.

Dura sudah tidak mendengar suara yang memanggil dirinya sayang. Sudah tiada suara-suara sayang yang manja membelai kehidupannya. Memang cinta kian pudar ditelan musim. Dura merasa kekosongan dalam hidupnya. Beginilah bila sudah tua, memang cinta tidak berpaut lagi, yang ada hanya perasaan kasihan, bagai dedaunan hijau kering akan layu. Dedaunan bakal layu bila-bila masa. Dura pernah berdoa semoga dia akan mati sebelum dedaunan hijau yang bakal kering itu layu jatuh ke bumi.

Dura mengalah pada Asfar. Dia merasa cukup terseksa dengan perubahan Asfar yang hanya diam membisu.

"Kebetulan sekarang dalam pandemik Covid, ramai yang terjejas dibuang kerja. Nasib mereka lebih buruk lagi," balas Aira Naina.

"Kadangkala sukar untuk kita ukur perasaan orang dengan perasaan kita." Nada Dura berubah.

"Kemurungan abah jangan jadikan kita mangsanya. Abah mudah melenting. Marah tak tentu pasal. Aira tak suka sikap itu yang menjadikan kita mangsa perasaannya." Aira melirik ke arah wajah Dura.

"Entahlah Aira, dah letih umi nak cari sebabnya." Dura mengalah sambil mendengus.

"Aira kan masih bekerja, Aira akan cuba sedaya upaya tanggung kos yang ada dalam rumah.

Tak usah risaukan sangat. Kita *just go with the flow.* Dalam situasi pandemik ini. Jangan semakkan benda yang dah kusut," jelas Aira selamba.

"Entahlah, selalunya abah lebih bersikap menyerah tetapi kali ini, dia seakan-akan memberontak mencari-cari arah tuju," kata Dura.

"Kalau hanya kita yang harungi musibah ini, mungkin abah boleh kata ia hukuman kepada dirinya kerana mungkin kesilapan yang tidak disedari. Tapi seluruh umat manusia yang bernyawa di muka bumi ini menghadapi perkara yang sama. Aira susah nak faham perangai abah, " sambung Aira dengan marah.

"Tak baik cakap begitu pada abah. Jangan jadi anak yang biadab. Umi tak ajar berkelakuan seperti itu. Harus ingat, apa pun perubahan dan kesilapan itu, dia tetap ayah Aira. Dia tetap abah Aira dunia dan akhirat," nasihat Dura kepada puterinya. Sambil Dura memegang tangan satu-satunya puteri kesayangannya.

"Maafkan Aira, Aira tidak berniat tapi..." sebak Aira.

"Dah, tak ada tapi-tapi. Ingat pesan umi," ulang Dura.

"Faham," jawab Aira ringkas. Lamunannya bersama si ibu pecah. Aira menjawab seolah-olah Dura berada di depannya. Seolah-olah Dura sedang duduk bersamanya bersembang bersama segelas teh tarik.

"Faham apanya, kalau sudah memberontak begini? Baru Allah SWT duga sekecil biji saga, dah menggelabah dan mencela keimanan dengan tak tentu arah..." terang Asfar lagi.

"Faham abah, kita berdamai sahaja dengan takdir," kata Aira sambil menarik nafas kemudian beredar dari situ meninggalkan Asfar yang masih terpaku di situ.

Asfar kembali duduk di atas sofa. Susah hendak bercakap dengan puterinya. Antara Aira dan dirinya memang sukar dapat bertemu titik persetujuan. Ada saja yang dibangkang baik daripada Asfar atau daripada Aira. Aira tidak seperti Dura yang lemah lembut dan sering diam mendengar. Bila Asfar sering mengadu perangai Aira, Dura sering mengatakan ke mana tumpahnya kuah kalau tidak ke nasi? Di antara Asfar dan Aira Naina, selalu banyak percanggahan. Memang dari dulu lagi sampai sekarang. Ada sahaja isu yang tidak mencapai kesepakatan. Mujur Dura sering menjadi orang tengah yang meleraikan salah faham antara dua beranak itu. Asfar memandang jauh ke luar tingkap. Dilihatnya jalan raya yang sunyi sepi. Dari ruang jendela, Asfar melihat tempat permainan yang selalunya riuh dengan suara kanak-kanak yang girang bermain jongkang jongket dan buaian di taman itu kini lengang tanpa wajah-wajah comel.

Semua tempat permainan itu dikepung dengan tali dan punya tanda X, ertinya tidak dibenarkan masuk. Notis pemberitahuan terpacak di situ. Sesiapa cuba melanggar arahan akan didenda. Semua tempat yang tidak dibenarkan masuk akan bertanda atau berpangkah X. Asfar mengeluh dalam hati. 'Dunia oh dunia.' Hati kecilnya bersuara. Sebentar kemudian, Aira tercegat di hadapannya.

"Abah, betul ni tak mahu jenguk umi?" tanya Aira lagi.

"Kau sahaja yang pergi. Lagipun umi masih tidak sedar. Tiada apa yang kita boleh buat," jawab Asfar dengan ringkas.

Tanpa menjawab apa-apa, Aira menyalami tangan Asfar. Dia kemudian membuka pintu tanpa menoleh lagi. Pintu perlahan-lahan ditutup semula dan dia terus mengatur langkah meninggalkan kediamannya. Aira menuruni anak tangga dan melihat Grab yang ditempahnya sudah menunggu di bawah sana.

Aira membuka pintu lalu menyapa pemandu yang kelihatan seusia ayahnya. Aira melemparkan senyuman dan menutup pintu kereta. Pemandu Grab meluncur laju meninggalkan kawasan perumahan. Di atas jalan raya, suasana sunyi sepi seperti kawasan persembunyian. Selalunya terlihat ramai yang lalu-lalang menunggu bas atau lepak di kedai kopi yang tidak jauh dari bloknya. Tetapi suasana sepi itu sudah berjalan selama tiga minggu. Aira memejamkan matanya.

Aira teringat kata-kata Asfar tadi. Aira mendengus, dia sudah penat bercakap dengan Asfar, ayahnya. Sepanjang perjalanan menuju ke rumah sakit, Aira cuba melelapkan mata dan mencampakkan apa yang terjadi bersama Asfar tadi di luar sana. Aira tidak mahu mengingati lagi. Perjalanan yang hanya mengambil masa 20 minit telah pun tamat apabila kereta tiba di hadapan pintu masuk hospital. Aira terus membuka dari keluar dari kereta Toyota putih. Dia melangkah menuju ke arah wad Dura. Hatinya mula kembali berdebar.

Mungkinkah hari ini dia akan tersempak dengan doktor tinggi lampai yang masih menjadi misteri? Doktor yang membuat degupan jantungnya berdebar. Dari semalam Aira berfikir siapa di sebalik PPE dan *face shield* doktor itu. Adakah doktor itu mengenalinya atau doktor itu sebenarnya cuba mencuri perhatiannya? Tetapi mengapa dia berasa terganggu? Sehingga terbawa-bawa ke dalam lenanya. Aira bermimpi berjumpa kekasih lama. Tangannya dihulurkan untuk menyambut tangan Aira, tetapi bila Aira cuba menyambut tangan itu ia hilang dari mimpinya. Aira terkejut dan terjaga. Mimpi mainan tidur, usah dianalisakan kebenarannya. Berlakunya secara kebetulan.

Kebetulan itu mungkinkah takdir yang sering diungkapkan oleh Asfar? Ungkapan yang mencemaskan perasaannya. Aira kemudian membuat *safe entry* dan diambil suhu badannya.

Aira memberi senyuman kepada pegawai yang bertugas di situ dan meneruskan langkahnya.

Kemudian dia menekan butang dan menunggu lif.

Lif terbuka dan dia masuk ke dalam. Sampai saja di tingkat 7, dia terus menuju ke arah wad Dura. Aira semalam sudah diberitahu bahawa Dura telah dimasukkan ke wad ICU. Alat pernafasan dipasang untuk membantu sistem pernafasan. Keadaan tubuhnya makin lemah. Selain itu, Dura juga diberi antibiotik untuk mengurangkan pembengkakkan di otaknya sebelum pakar membuat diagnosis yang terakhir untuk menjalani pembedahan sekiranya perlu.

Setelah meneliti laporan MRI dan *CT Scan*, proses penyembuhan perlu melalui beberapa tahap. Doktor Yuna berharap cara yang disyorkan dapat membantu keadaan penyembuhan Dura. Terlalu ketara pembengkakkan yang berlaku di dalam otak akibat tekanan daripada tengkorak yang terhimpit. Hal ini menjadikan tekanan otak meningkat drastik. Selanjutnya aliran darah dan oksigen terganggu. Kondisi inilah yang membuatkan fungsi otak terganggu. Fungsi otak berada dalam tingkat yang sangat rendah untuk memberi respons.

Dan ini membuat Dura hilang kesedaran dalam waktu yang sukar dijelaskan. Secara neurologinya, keadaan seperti itu selalu pesakit tidak dapat menunjukkan respons apapun terhadap rangsangan *external.*

"Sekiranya sewaktu kecelakaan itu berlaku, disegerakan beri bantuan kepadanya, kemungkinan besar keadaan ini dapat dielakkan," ungkap Doktor Yuna.

"Siapa yang ada di rumah sewaktu kemalangan ini berlaku?" soal Doktor Yuna mahu pastikan laporan yang diperoleh tepat.

"Saya ada di dalam bilik sedang bekerja dan abah saya juga ada di ruang tamu sedang mengaji," cerita Aira.

"Tetapi kerana bunyi bising dari berbagai-bagai arah, kami tidak dengar apa-apa bunyi," ungkap Aira dengan sebak.

"Mungkin pertolongan kecemasan lambat diterima, membuat fungsi otaknya hilang perlahan-lahan atau tiba-tiba," kata Doktor Yuna lagi. Dan menurut Doktor Yuna lagi, koma bukan bererti mati. Mereka yang koma cuma tidak dapat memberi respons kepada suara, cahaya dan sentuhan. Namun mereka ada kemungkinan kembali pulih dan hidup seperti biasa.

Otak tidak berfungsi bukan bererti tubuh tidak berfungsi. "Saya perlukan sokongan daripada keluarga awak," jelas Doktor Yuna.

"Saya akan lakukan apa saja untuk umi," ungkap Aira dengan bersemangat.

"Suara atau sentuhan daripada orang yang dikenali dapat membantu pemulihannya. Dan kami percaya, dengan mendengar suara-suara yang dikenalinya akan melatih sirkuit di otaknya yang bertanggungjawab atas ingatan jangka panjang. Stimulasi itu boleh membantu memacu kesedaran. Hasilnya, saraf otak pesakit akan terangsang ketika mendengar suara orang-orang yang disayang. Kita lihat perubahan dengan cara itu dalam masa tiga minggu," terang Doktor Yuna.

Memang tidak banyak yang boleh dilakukan tetapi saat mengunjungi pesakit, ahli keluarga perlu menyapa pesakit dengan nada lembut. Bicarakan hal-hal baik sebab pesakit seperti Dura mungkin saja mendengar apa yang diucapkan. Aira dan Asfar harus tunjukkan rasa cinta kepadanya. Walau terlihat sederhana, cara ini dapat memberi ketenangan. Walaupun pesakit tidak boleh memberikan respons yang banyak, tetap tunjukkan sokongan. Semakin besar sokongan, maka semakin besar pula semangat pesakit untuk tetap hidup dan bangun dari tidur panjangnya. Dan Doktor Yuna meminta agar sewaktu kehadiran mereka nanti, berceritalah tentang masa silam yang menyenangkan supaya dalam tidurnya nanti, pesakit mungkin saja tersenyum. Jika sudah berusaha dan berdoa, langkah akhirnya adalah bertawakal kepada Allah.

Usaha dan doa sepatutnya diserahkan kepada Allah SWT. Allah yang akan mengatur segalanya. Allah tahu apa yang terbaik untuk hamba-hamba-Nya. Apa yang baik menurut manusia belum tentu baik menurut Allah SWT. Sekiranya Allah belum mengabulkan usaha dan doa kita, ingatlah Allah Maha Mengetahui. Tetap jua taat kepada Allah SWT. Tidak ada suatu musibah pun yang menimpa seseorang kecuali dengan izin Allah. Dan barangsiapa yang beriman kepada Allah nescaya mendapat petunjuk kepada hatinya.

Dan Allah Maha Mengetahui segala sesuatu. Semua yang menimpa manusia berdasarkan qadak dan qadar Allah. Pena-Nya telah menulis semua takdir dan ketentuan. Dengan pena itu juga ditulis takdir dan ketentuan. Dengan pena itu jua kehendak dan hikmah-Nya berlaku. Namun yang amat penting adalah apakah manusia menunaikan tugasnya dalam mentaati qadak dan qadar atau tidak? Jika seseorang manusia itu menunaikannya, maka ia akan mendapatkan pahala yang besar dan indah. Jika percaya bahawa semua ujian yang menimpa adalah takdir daripada Allah, merelakannya dan menyerahkan masalahnya kepada Yang Esa, maka hati akan tenang dan tidak gentar ketika tertimpa berbagai-bagai musibah. Tidak seperti yang terjadi pada orang yang hatinya tidak diberi petunjuk oleh Allah.

Seluruh umat manusia sedang bertempur di medan perang. Tidak kira usia muda atau tua semuanya sedang bersiap sedia dan berjaga menjaga diri agar tidak diserang musuh.

Musuh datang dari setiap penjuru. Virus Corona adalah virus yang menyerang sistem pernafasan dan organ manusia. Virus Corona bisa menyebabkan gangguan pada sistem pernafasan, pneumonia hingga boleh menyebabkan kematian. Nama virus Corona yang menyerang ini adalah daripada jenis baru dari yang menular ke manusia. Virus ini menyerang siapa saja, baik bayi, anak-anak, orang dewasa, orang tua dan wanita hamil. Infeksi virus ini secara rasmnyai disebut oleh WHO sebagai virus COVID-19 yang bererti *Corona Virus Disease* 2019 dan pertama kali ditemukan di kota Wuhan, Cina, pada akhir Disember 2019.

Virus ini menular dengan cepat dan telah menyebar ke wilayah lain di China dan ke beberapa negara di Asia dan Eropah. Apabila terdapat seseorang yang terinfeksi, pihak Kementerian Kesihatan akan berusaha mencari sesiapa yang berhubungan dengan yang terinfeksi. Pihak Kementerian Kesihatan akan mencari riwayat perjalanan pesakit ke tempat terjangkit dan mengesan suspek kemudian diletakkan dalam senarai pengawasan. Kini sudah tiga minggu suasana pandemik diharungi setiap umat manusia di seluruh dunia. Dan menjadi satu trend di seluruh dunia setiap hari mendengar informasi daripada kementerian yang disiarkan di radio, TV atau menerusi SMS.

Dari pemberitaan di media massa hingga perbincangan di media sosial seperti di Twitter, Instagram, dan Facebook, yang diperkatakan hanya tentang angka jangkitan yang meningkat dari hari ke hari. Angka kematian turut bertambah. Situasi amat menyedihkan. Setiap pemerintah cuba sedaya upaya mengatasi kepanikan dengan melarang sekerasnya rakyat menyebarkan berita-berita yang tidak benar atau palsu yang akan menambahkan tekanan kepada rakyat.

Setiap manusia di merata dunia harus mengamalkan nilai baru seperti mengamalkan *social distancing circuit breaker* dan memakai pelitup separuh muka.

Sesiapa yang memiliki gejala ringan seperti batuk, sakit tenggorokan, demam disarankan segera berjumpa doktor. Pemantauan dijalankan pihak berwajib amat ketat. Ramai yang dimasukkan ke rumah sakit kerana sah dijangkiti dan ada yang berada di tahap kritikal.

Ada sesetengah rumah sakit di luar negeri tidak mempunyai katil yang cukup untuk menampung pesakit-pesakit yang sah dijangkiti Covid 19. Keadaan darurat ini amat menyedihkan dan memilukan. Walaupun semua negara di muka bumi sudah mengadakan langkah-langkah menghalang jangkitan namun virus ini dapat merebak dengan lebih pantas.

Banyak kedai makan atau kafe, panggung wayang, tempat hiburan dan tempat-tempat pelancongan ditutup untuk mengelakkan jangkitan kepada orang ramai. Namun usaha masih belum cukup untuk menurunkan angka jangkitan dan kematian.

Tahap penyebaran virus di sesetengah negara semakin parah. Pandemik ini sukar dibendung sekiranya tiada sokongan dan kerjasama daripada setiap individu. Kemenangan dalam pertempuran ini akhirnya tidak akan menjadi kenyataan. Ia seperti malapetaka yang tidak boleh diambil ringan dan setiap negara harus saling bekerjasama.

Peperangan kali ini tidak melibatkan senjata, malah musuhnya juga tidak berwajah. Sukar hendak dikawal keadaannya. Tiada radar atau GPS atau satelit yang boleh menjadi perisik. Berbeza perang seperti di Afghanistan, berbeza perang di Bosnia atau mana-mana perang di muka bumi. Peperangan kali ini tiada dentuman bunyi bom atau tembakan. Tiada peluru yang dituju kepada sesiapa. Namun manusia seluruh dunia mati. Mati tanpa berdarah. Musuh datang dengan senyap menjadi pembunuh. Pembunuh kehidupan. Pembunuh kepada adat dan kebiasaan sebuah kehidupan yang sudah menjadi amalan dan budaya.

Dalam diam, yang terdengar hanya berita kematian. Tidak sempat terdengar bunyi tangisan. Alangkah sepinya hidup ini. Namun semua manusia harus berdamai dengan takdir yang sudah ditentukan. Dunia dengan wajah norma baru terkini banyak berubah!

Penduduk warga emas yang seangkatan usia Asfar merupakan kelompok yang dikhuatiri terkesan. Setiap hari, jangkitan terhadap virus Covid 19 dan seterusnya melibatkan kematian pada golongan berusia sebegini semakin meningkat terutamanya pada golongan yang mempunyai sejarah penyakit kronik seperti jantung, paru-paru, kencing manis dan darah tinggi.

Golongan ini yang menjadi sasaran wabak dan mereka adalah golongan yang mudah tewas. Untuk menyelamatkan mereka, mereka diminta agar duduk diam di dalam rumah sendiri.

Mereka harus mempersiapkan diri mereka dengan menjaga kebersihan diri dengan sering mencuci tangan, jangan keluar sekiranya tidak perlu serta menjaga kesihatan agar tidak mudah dijangkit virus ini.

Perubahan kehidupan sebegini juga membuatkan keadaan ekonomi di setiap pelosok di dunia semakin memburuk. Arahan dan perintah pemutus jangkitan dikuatkuasakan namun jangkitan penularan virus Corona seperti di Paris, Sepanyol dan Amerika semakin bertambah nazak dengan jumlah kes harian yang tercatat tinggi.

Banyak kilang-kilang pengeluaran yang diarahkan ditutup. Sekolah juga ditutup. Anak-anak belajar secara atas talian dari rumah. Rumah adalah kubu pertahanan setiap yang bernyawa. Orang luar tidak dibenarkan datang menziarah. Hanya satu orang sahaja yang dibenarkan membeli barang -barang keperluan dapur. Semua kegiatan dibekukan. Semuanya dilakukan agar dapat mengurangkan berlakunya penularan dalam kalangan masyarakat. Keluarga terdekat seperti anak dan cucu tidak dibolehkan menziarahi warga tua yang tidak tinggal bersama. Kunjungan itu tertakluk di bawah syarat-syarat ketat tertentu demi melindungi warga emas yang berisiko tinggi mengalami komplikasi sekiranya mereka dijangkiti Covid 19.

Tiada seorang pum yang boleh duduk bersembang di kedai kopi. Restoran dan kedai-kedai diarahkan tutup. Hanya khidmat penting yang dibenarkan beroperasi seperti farmasi dan pasar. Rumah-rumah ibadah seperti masjid, gereja dan kuil ditutup.

Langkah langkah ini dikuatkuasakan dan sekiranya dilanggar, pemerintah tidak teragak-agak mengeluarkan saman. Pusat beli-belah dan pasar raya diperintahkan agar memeriksa suhu badan para pelanggan di pintu masuk untuk mengesan pelanggan yang demam. Dalam norma baru kehidupan, semua orang di seluruh dunia dimestikan memakai pelitup muka jika keluar rumah. Sekiranya gagal memakai pelitup muka, pasti individu tersebut akan didenda.

Ekonomi dunia semakin parah akibat pandemik virus Corona. Banyak syarikat dijangkakan gulung tikar. Di sebalik cabaran berat yang dihadapi, pemerintah membantu golongan yang diberhentikan kerja akibat pandemik ini. Dan pemerintah juga menyediakan sokongan bantuan sementara agar rakyat dapat memulihkan keadaan ekonomi sendiri kala virus Covid 19 melanda.

Kebajikan semua warga dijaga dan tiada seorang pun yang akan dibiarkan terpinggir tanpa sebarang bantuan dan sokongan sosial.

Jangan khuatir, Allah senantiasa ada. Allah tidak akan membebani hamba-Nya melainkan apa yang terdaya ditanggung oleh mereka.

Itu nasihat Dura pada Aira. Aira merasa tertekan kerana banyak projeknya tergendala serta-merta. Dura membelai rambut Aira yang baring di atas pangkuannya semasa Dura masuk k ebilik anaknya.

"Ai harapkan tahun ini tahun yang akan membawa kejayaan dalam karier Ai. Sudah masanya Ai dinaikkan pangkat," keluh Aira.

"Aira sayangku, Aira anak umi, percayalah hidup harus banyak tawakal, jangan putus berdoa," nasihat Dura lagi. Mata Aira Naina terkebil-kebil melihat wajah ibunya.

4

Pintu diketuk. Aira bergegas membuka pintu. Dilihatnya Sumaya di luar bersama anaknya, Dani. Aira membalas senyuman Sumaya.

"Assalamuaikum Aira, cuma singgah nak tanya keadaan umi," sapa Sumaya.

Aira membuka pintu pagar dan menjemput Sumaya masuk ke dalam rumah tetapi Sumaya menolak pelawaan Aira.

"Masih gitu, belum sedar lagi," cerita Aira Naina.

"Doktor ada cakap apa-apa ke? Kesian umi. Rasa sunyi bila umi tak ada," terang Sumaya.

"Dah empat hari masih macam tu. Doakan umi cepat sedar ya, Maya?" pinta Ayra.

"Ini hah, asyik tanya bila nak tengok nenek Dura," kata Sumaya sambil menunjukkan anak yang dipegang tangannya.

"Dani rindu nenek?" soal Aira. Anak kecil itu hanya tersenyum dan menyembunyikan mukanya di belakang Sumaya.

"Kalau nenek dah balik rumah, bolehlah Dani jumpa nenek," pujuk Aira sambil memegang pipi Dani.

"Macam mana dengan Nadir? Dah dapat kerja?" tanya Aira, prihatin.

"Belum, masih mencari. Buat sementara ini buat Grabfood aja," terang Sumaya.

Nadir baru diberhentikan kerja. Syarikatnya yang berpangkalan di lapangan terbang ditutup sempena penutupan sempadan di serata dunia.

"Sabarlah, asal rezeki itu dari sumber halal, kita terima aja," pujuk Aira.

"Balik dulu la. Nak masak. Si Dani ini cepat lapar..." kata Sumaya.

"Terima kasih, Maya. *Bye* Dani," kata Aira mengakhiri perbualan bersama Sumaya. Terdengar tapak tapak kakinya melangkah meninggalkan koridor *flat* Aira.

Sumaya memimpin Dani melangkah meninggalkan *flat* Dura menuju ke rumahnya di hadapan *flat* Dura.

Sumaya terbayang wajah manis umi Dura yang lemah lembut. Sumaya sudah lama tidak punya ibu, terasa benar akan kehilangan Dura. Ibu mentuanya yang berusia 60 tahun sudah lama hilang ingatan. Dia menghidapi *dimentia.*

Apabila dia berpindah di kawasan perumahan ini, dia berkenalan dengan Dura. Sumaya seakan-akan menemukan lembah kasih sayang daripada seorang insan yang amat baik budi dan pemurah dalam mencurahkan kasih sayangnya. Nilai keibuan sangat tinggi dalam diri Dura.

Ketika dia berasa resah dan rindu pada ayahnya di kampung, Dura adalah tempatnya mengadu. Dura akan membelai perasaan resah itu dengan sokongan emosi. Kata-kata perangsangnya membuat Sumaya rasa damai. Begitu jua Dani yang merasakan kasih sayang sejati daripada seorang nenek.

Dura sering datang ke rumah Sumaya malah dalam kesempatan itu, dia mengajar Dani membaca dan mengaji al Quran.

Bagi Sumaya, Dura ialah wanita dan seorang ibu yang cukup baik. Sumaya tidak pernah merasakan kasih sayang seorang ibu sejak umurnya tiga tahun namun kekosongan itu bagaikan terisi apabila Dura sudi menganggapnya seperti anak sendiri.

Memang sejak kebelakangan ini, Sumaya perasan, Dura kelihatan cuba menyembunyikan kesedihannya. Dura cuba mengelak sekiranya ditanya. Sumaya tidak mahu mendesak. Kehadiran Dura sudah cukup membahagiakan dia dan Dani. Lebih-lebih lagi situasi sekarang di mana sempadan ditutup. Bererti Sumaya tidak boleh balik kampung. Sudah hampir dua bulan dia tidak melangkah keluar ke mana-mana. Nasib baik ayahnya tinggal berhampiran dengan ahli keluarganya. Dapat mereka tengok-tengok dan menjaga ayahnya.

Terasa rindu pada ayahnya. Rindu pada kebun pisang ayahnya. Dia harap ayahnya tetap sihat. Sepupunya membantu menjaga kesihatan ayahnya yang sebaya Asfar.

Sumaya sering berpesan agar ayahnya menjaga diri, jangan sampai jatuh sakit.

"Ayah tahu, jangan risau. Ayah yang risaukan kau. Kalau Nadir belum dapat kerja macam mana dengan kau? Semua kena pakai duit. Kalau sempadan tidak tutup, boleh kau balik sini. Ringan sikit beban Nadir," cerita Abu Samad.

"Ayah jangan bimbang, insya-Allah semuanya baik-baik aja," pinta Sumaya.

Itulah kata-kata Sumaya kepada ayahnya. Walaupun kadangkala Sumaya mengakui kehidupannya terasa sesak dan terhimpit sejak virus Covid 19 menular.

Sesampai di rumah, Sumaya meletakkan barang-barang keperluan yang dibeli di pasar tadi di dapur. Rindunya pada Dura membuat dia teringat kepada ayahnya lagi. Langsung Sumaya menelefon ayahnya. Namun panggilan tidak berjawab.

Kemudian Sumaya menelefon Saemah, anak Pak Busunya yang berjiran sebelah rumah dengan ayahnya. Saemah memberitahu bahwa ayahnya ke Kampung Serkat untuk membeli benih pokok kopi. Hatinya menjadi lega. Selepas mengajar Dani membaca al Quran dan solat isyak, Sumaya cuba menelefon ayahnya lagi. Namun dia diberitahu bahawa ayahnya bermalam di rumah kawan di Parit Sulaiman. Saemah memberitahu yang ayahnya mahu elakkan kesesakan dari pemeriksaan di atas jalan raya.

Sumaya mengeluh. Sudah dipesan kepada ayahnya sebelum ini agar tidak ke mana-mana dalam pandemik tetapi ayahnya tetap mahu keluar rumah. Sumaya mengomel sendirian. Ayahnya pernah memberitahu mengenai rancangan tanaman pokok kopinya. Tapi Sumaya tak sangka yang ayahnya sudah mula laksanakan rancangannya dalam keadaan virus sedang menular sebegini. Terbit rasa marah dalam hatinya namun dia cuba bersabar. Sumaya menarik nafas. Semoga urusan ayahnya dipermudahkan, itu doa Sumaya sekaligus menenangkan hatinya.

Sumaya kemudian melayan kerenah Dani hinggalah dia tidur. Di luar, angin bertiup kencang menambahkan kedinginan. Memberi petanda malam ini akan turun hujan yang lebat. Sumaya berfikir, entah di mana suaminya ketika ini. Kesian suaminya harus mengharungi air hujan di tengah jalan raya untuk menuju ke rumah pelanggan. Semoga Nadir sudah memakai baju hujan. Kadangkala Nadir pulang dengan baju basah kuyup kerana tak sempat singgah mencari tempat perlindungan.

Angin kian bertiup kencang, hujan mula membasahi bumi sedikit demi sedikit dan akhirnya hujan terus melebat tanpa henti. Dari kejauhan, Sumaya hanya mampu memohon doa agar suami tercinta diberi perlindungan dan kemudahan.

Terbit rasa simpati saat mengenang Nadir yang selalu pulang dengan menggigil kesejukan apabila dibasahi hujan lebat.

Sumaya melihat jam di dinding. Sekarang menunjukkan jam 10. 30 malam, pada waktu begini selalunya Nadir pulang.

Sumaya masuk ke bilik melihat Dani yang sudah tidur dengan nyenyak. Diselimutkan Dani kemudian dia mencium dahi anaknya itu.

Sumaya keluar semula menonton TV sementara menunggu Nadir pulang.

Hujan semakin lebat. Petir saling menyabung. Terasa sejuk menerpa di tubuh. Sumaya mengintai dari jendela kaca. Dahan-dahan pokok melambai-lambai dibawa tiupan angin yang kencang. Mata Sumaya sudah kelat. Tetapi dia tidak boleh tidur. Risau dan khuatirnya meledak dalam malam yang sepi. Kalau boleh, dia mahu menyambut kepulangan suaminya. Sumaya mahu menyambut kepulangan Nadir yang bertungkus lumus mencari rezeki untuk keluarga.

Sumaya terbayang wajah Nadir. Sumaya tersenyum. Matanya yang kelat tadi mula bersinar. Hatinya terbuka untuk mengimbau kenangan lama. Dengan berteman sepi dan angin malam, Sumaya menerima Nadir dengan seadanya.

Nadir anak ketiga daripada lima adik-beradik. Hidupnya berpindah-randah hingga dia terjebak dengan kehidupan yang liar. Dia terperangkap dan dipenjarakan. Nadir terperangkap dengan kegiatan peminjam wang haram. Dia ditangkap dan dituduh kerana merosakkan harta benda awam dan membuat ugutan mencederakan peminjam. Sukar untuk Nadir menyesuaikan dirinya di tengah-tengah kepesatan kehidupan manusia.

Ternyata Nadir insaf dan tidak mahu mengulangi semua kesilapan masa lalu. Nadir sudah bertaubat dan bertekad mencari arah tuju perjalanan yang betul. Nadir mahu sujud serta membina sebuah kehidupan yang baru dan mahu menjauhi dari membuat dosa. Niat murninya yang ingin berubah ke arah kebaikan itu membuatkan Sumaya menerima Nadir dengan hati terbuka.

Mereka berkenalan semasa Nadir menemani Pak Cik Umar datang ke persandingan Saemah. Waktu itu Nadir baru sebulan baru keluar dari penjara. Pak Cik Umar membawa Nadir berkenalan dengan ayah Sumaya. Di situlah pertemuan pertama mereka. Setelah enam bulan berkenalan, mereka menikah. Sumaya amat bahagia hidup di samping suaminya.

Nadir tidaklah seperti apa yang dilihat. Luaran kelihatan bengis dan garang. Hakikatnya amat berbeza. Nadir amat baik dan penyayang.

Nadir bekerja keras untuk meniti arus kehidupan dengan keyakinan berbekalkan sokongan yang tidak putus-putus daripada Sumaya sebagai isteri. Sejenak Sumaya termenung. Angin terus menderu membawa kalimah cinta pada seorang suami. Deruan angin kemudian memujuk kerisauan hati Sumaya yang bersendirian menanti kepulangan Nadir.

Sumaya mengerti, rasa kasihan sering mendahului kasihnya. Matanya melihat jam di dinding. Hampir jam satu pagi tetapi Nadir masih belum pulang.

Sumaya menjadi cemas. Kerisauan semakin bertambah. Hujan terus mencurah-curah membasahi bumi membuat malam makin dingin. Sumaya tetap mahu menunggu kepulangan Nadir. Walaupun Nadir pernah berpesan sekiranya Sumaya mengantuk, pergi tidur saja tidak usah menunggunya. Namun malam ini hatinya rasa tidak menentu. Sumaya berkeras tidak mahu tidur. Sumaya mengintai di balik jendela.

Sumaya mengeluh panjang. Dia kemudian ke dapur melihat lauk asam pedas ikan pari kegemaran Nadir yang dimasak siang tadi. Lauk itu dipanaskan. Sumaya duduk di meja makan. Dia berdoa dalam hati agar suaminya pulang dengan selamat.

Diselaknya langsir jendela di dapur. Entahlah kenapa malam ini membawa sesuatu rasa yang amat asing dalam dirinya. Sumayah mendengus, dia berasa terlalu letih.

"Kenapa malam ini perasaannya terasa amat aneh?!" soal Sumaya kepada dirinya sendiri. Pertanyaan demi pertanyaan tidak terjawab. Sumaya tidak tahu siapa yang harus dihubungi. Malam mendongak dan merangkak jauh. Namun batang hidung Nadir juga tidak kelihatan.

Tiba-tiba Sumaya mendengar suara sayup memberi salam. Matanya yang kelat tadi terbeliak. Sumaya terpaku berdiri tegak. Sumaya melangkah dan langkah itu mati di situ, di belakang pintu.

"Assalamualaikum." Sayup-sayup suara dari luar.

Hidungnya terhidu sesuatu! Bau yang terlalu asing. Tiba-tiba dia menggigil ketakutan.

Bulu romanya merinding dalam kesejukan malam yang sepi. Dilihatnya jam sudah 1.30 pagi.

Sumayah membaca ayat Kursi. Sekiranya yang berada di luar pintu itu ialah hantu jembalang, pasti ia akan lari pergi. Itu sahaja yang dia ingat dan mampu lakukan. Nafasnya naik turun.

Sumaya tidak tahu apa yang harus dilakukan. Dia tambah menggigil kerana angin dingin masuk dari lubang bawah pintu tempat dia berdiri. Sumaya ulang dan ulang lagi membaca ayat Kursi. Fikirannya bercelaru kerana ketakutan. Orang kata kalau tengah malam ada orang memberi salam, jangan disambut sebab itu kemungkinan hantu yang menyerupai orang yang kita sayang. 'Benarkah?' soal Sumaya kepada dirinya sendiri.

Sumaya menggenggam kedua-dua tangannya. Dia berdoa semoga Allah SWT melindunginya.

"Assalamualaikum. Bukalah pintu, Maya." Kedengaran suara Nadir merayu.

Sumayah tergamam. Jantung berdentum lagi. Kemudian otaknya menghantar isyarat agar dia berdiam diri. Sumayah menggigit jari. Dia berdoa lagi. Telefon bimbitnya berbunyi. Nama Nadir tertera.

"Assalamualaikum Maya, bukalah pintu, abang yang berdiri kat luar!" rayu Nadir. Dengan serta-merta, Sumaya langsung membuka pintu tanpa menghiraukan bau yang menusuk lubang hidungnya. Wajah Nadir kelihatan dalam kesamaran cahaya lampu yang kecil di ruang tamu. Sumaya mahu menghidupkan lampu yang besar namun Nadir melarangnya.

"Tapi bang, selalunya…" kata Sumaya.

"Biarkan suasana malam ini menjadi luar biasa. Lagipun abang tak mahu Dani bangun melihat sinar lampu," terang Nadir.

'Memang luar biasa,' bisik Sumaya dalam hati. Tetapi selalunya bila Nadir pulang, Sumaya akan menghidupkan lampu besar di ruang tamu.

Sumaya akan menghidangkan Nadir makanan dan mereka bersembang sehingga terasa letih lalu tidur. Sumayah merasa pelik. Namun resah hatinya kembali tenang apabila dilihat yang hadir di hadapannya ialah Nadir, bukan hantu atau jembalang.

Sumaya rasa bersyukur. Akhirnya Nadir selamat pulang ke pangkuan keluarga.

Sumaya mencapai helmet dari tangan Nadir lalu diletakkan di atas lemari. Tapi pelik! Nadir seperti sesat dalam rumah sendiri. Nadir berdiri seperti patung di hadapannya. Dan semacam ada bau yang singgah di hidung Sumaya. Sumaya tidak mahu bertanya apa-apa yang boleh membuat Nadir tersinggung dan marah.

Sumaya mendiamkan diri dan menerima kepulangan Nadir dengan kesyukuran.

"Kenapa..." desis Sumaya bila Nadir masih terus tercegat di situ.

Memang malam itu luar biasa, biasanya bila sampai dirumah, Nadir terus menggantung jaketnya di belakang pintu dan langsung ke bilik air untuk mandi. Tetapi malam ini dalam kesamaran lampu, dia terus ke meja makan.

Mungkin kerana di luar hujan, Nadir tidak mahu menuju ke bilik air kerana kesejukan. Sumaya faham dan dibiarkan saja.

"Abang tak mahu makan, nak hidu bau sahaja," kata Nadir dan menoleh ke arah Sumaya.

Sumaya semakin hairan. Itu bukan kebiasaan suaminya. Dalam samar-samar lampu di ruang tamu, Sumaya yang duduk di hadapan Nadir terlihat sesuatu.

"Kenapa dahi dan tangan abang berdarah?" tegur Sumaya sambil menyentuh dahi Nadir.

Sumaya merasakan kelainan pada suhu badan Nadir. Mungkin Nadir letih!

"Abang jatuh dari motor tadi, tapi tak serius," cerita Nadir.

"Tak perlu risau," sambung Nadir lagi bila dilihat Sumaya seakan-akan kehairanan dan terkejut.

Sumaya memerhatikan wajah Nadir yang pucat lesu. Malam ini Nadir kelihatan tenang. Tidak seperti selalu, dia akan bercerita panjang tentang pelanggan-pelanggan yang ditemui. Dia akan bercerita tentang doket-doket yang diterima.

Dia akan bercerita tentang pelanggan yang ditemui. Dan Sumaya akan tolong mengira wang tip yang diterima daripada pelanggan-pelanggan yang baik hati. Sumaya hanya mendengar cerita-cerita dengan senyuman sahaja. Tetapi malam ini sebaliknya, yang terasa hanyalah kedinginan.

Nadir terus membisu. Mungkin Nadir terlalu letih merentas hujan yang lebat. Mungkin tenaganya habis digunakan bertarung dalam kesejukan malam. Nadir diam membisu.

Dan yang membuat Sumaya pelik lagi ialah kenapa Nadir tidak mahu tanggalkan jaketnya?

'Mungkinkah dia masih kesejukan?' tegur hati kecil Sumayah. Sumayah merasa pelik, kenapa dalam keadaan hujan yang lebat mencurah-curah di luar sana, Nadir tidak basah langsung?

Semakin banyak yang Sumaya tidak mengerti. Jantungnya seperti mahu tercabut dan terkeluar. Mata Nadir merah menyala. Sumaya cuba mengelak dari menatap wajah Nadir.

Sumaya cuba menenangkan dirinya sendiri. Namun tidak semena-mena, dia merasa takut. Walaupun yang muncul di hadapannya ialah seorang manusia yang bernama Nadir bin Naem, tetapi malam ini suaminya kelihatan pelik!

"Maya, maafkan abang sekiranya abang ada melukakan hati Maya," pinta Nadir.

"Kalau ada pun Maya dah lama maafkan. Maya dah lupakan. Tak usah abang risau," kata Sumaya selamba.

"Maya dan Dani adalah tanggungjawab abang." Suara Nadir dengan yang sayu itu menusuk kalbu Sumaya.

"Abang sudah melakukan yang terbaik untuk keluarga kita. Tak usah fikirkan sangat. Bapak pun suruh kita balik kampung aja kalau sempadan sudah dibuka semula," ungkap Sumaya. Seakan-akan memujuk sambil tangannya memegang tangan Nadir.

Tangan Nadir terlalu sejuk. Sumaya melepaskan tangannya seakan-akan terperanjat.

Sumaya memandang wajah Nadir. Dia lihat wajah itu seperti samar-samar. Hanya kelihatan matanya yang merah seperti biji saga.

Pelik. Mungkin mata Sumaya sudah berpinar-pinar kerana hari sudah jauh malam.

"Sumaya jangan tinggalkan sembahyang, didik anak kita supaya jadi anak yang soleh dan beriman. Abang tak mahu bila dewasa Dani nanti jadi seperti abang..." kata Nadir.

"Insya-Allah, abang. Maya tidak akan abaikan. Kita sama-sama akan didik Dani!" kata Sumaya.

"Sekiranya abang sudah tidak ada lagi, abang harap..." Nadir tunduk dalam kelesuan.

Nada suaranya cukup pilu.

"Abang, cukuplah, abang penat ni. Abang pergilah mandi kemudian tidur, esok abang harus pergi kerja lagi." Sumaya cuba menghindari kata-kata Nadir.

"Terima kasih Maya kerana selama ini menjaga makan minum abang dan menjaga Dani dengan baik." Mata Nadir memandang ke wajah Sumaya.

"Tolonglah abang pergi tidur. Maya tidak mahu abang sakit nanti," ungkap Sumaya.

Sumaya melangkah menyimpan makanan yang tidak disentuh. Nadir hanya memerhatikan Sumaya dengan hiba. Sumaya menarik kerusi dan duduk kembali di hadapan Nadir.

"Maya, abang tahu Maya isteri yang baik," puji Nadir.

"Kita akan besarkan Dani bersama, Maya akan selamanya berada di sisi abang sebagai isteri abang..." janji Sumaya dengan suara yang serak.

Sumaya mengeluh lagi. Pelik dengan sikap luar biasa suaminya. Hatinya jua terbawa rasa sedih dengan luahan Nadir. Pandangan Sumaya semakin kabus. Sumaya menguap lagi beberapa kali.

Semakin lama dibiarkan Nadir di situ, semakin banyak perkara yang pelik dirasakan.

Sumaya sudah tidak larat menahan. Tiada tanda-tanda yang Nadir mahu bergerak dari kerusinya. Matanya seperti mencari sesuatu di dalam rumah sendiri.

Sejak bila Nadir memikirkan semua ini? Setahu Sumaya, Nadir tidak suka membuat jangkaan atau memikirkan apa yang akan berlaku lagi dua atau lima tahun ke hadapan.

Nadir cukup sederhana. Baginya yang ada adalah rezeki, yang berlaku adalah sudah takdir yang ditentukan. Hujan di luar mulai reda. Tetapi angin masih kencang bertiup.

Terlalu banyak perkataan yang sudah dimuat turun dalam benak Sumaya namun semuanya sama, iaitu 'pelik'. Degupan jantung Sumayah memacu lagi. Sumaya sudah lelah bekerja mencari jawapan sendirian. Pandangan Sumaya kian kabur, sudah mahu tidur dan berehat.

Namun Nadir yang masih duduk di atas kerusi hadapan Sumaya tidak bergerak. Sumaya menjeling jam di dinding, sudah menunjukkan jam 3 pagi. Sumaya tidak menjangka hingga lewat begini.

Sumaya sudah tidak ada tenaga berkata-kata. Sumaya merebahkan kepalanya di atas meja makan sedangkan Nadir hanya memerhatikan.

Sumaya sudah tidak pedulikan Nadir yang ada di hadapannya. Sumaya nyenyak dengan sekelip mata.

Perlahan-lahan sang suria mencuri masuk di celah-celah ruang rumah. Tidur Sumaya dihempas banyak persoalan. Sumaya menggeliat. Dilihatnya Nadir tiada di situ. Sumaya tertanya dalam hati, di mana Nadir? Mungkin Nadir ada di dalam bilik sedang tidur.

Sumaya melihat langit yang cerah. Tiba-tiba pintunya diketuk beberapa kali.

Sumaya terkejut. Dilihat jam di dinding lagi. Jam 7.00 pagi. Ketukan pintu berulang lagi. Sumaya menuju ke arah pintu. Pintu dibuka. Dua pegawai polis berdiri di hadapan pintu pagar.

"Maaf, puan ini Sumaya binti Abu Samad, isteri kepada Nadir bin Naem?" soalnya.

"Ya betul, tapi kenapa?" Sumaya dengan cepat menyampuk.

"Puan diminta mengikut kami ke hospital untuk mengenal pasti mayat Nadir bin Naem. Suami puan maut setelah terlibat dalam kemalangan di lebuh raya. Dia meninggal di tempat kejadian." Pegawai polis menerangkan.

"Apa!" Sumaya menjerit.

"Ya puan, suami puan Nadir bin Naem maut dalam kemalangan," terang pegawai polis.

"Bila?" soal Sumaya cemas.

"Semalam jam 12.50 pagi!" terang pegawai polis lagi.

"Semalam suami saya balik 1.30 pagi dan dia sedang tidur sekarang..." jelas Sumaya dengan yakin. Kedua-dua pegawai polis saling berpandangan. Mereka tidak percaya apa yang dikatakan oleh Sumaya. Dari riak wajah mereka, Sumaya meneka bahawa mereka tentu salah nama dan rumah. Sumaya begitu yakin. Melihatkan pegawai polis masih tidak percaya, lalu Sumaya berkata.

"Tunggu, biar saya kejutkan suami saya. Nadir bin Naem."

Dengan penuh yakin, Sumaya berlari menuju ke kamarnya. Sumaya tergesa-gesa masuk ke bilik mengejutkan Nadir. Alangkah terkejutnya Sumaya bila dilihatnya Nadir tiada di dalam bilik sedangkan Dani masih tidur dengan nyenyak. Kemudian Sumaya meluru keluar.

Sumaya mencari helmet yang diletakkan di atas lemari, juga tiada. Sumayah kebingungan. Dua pegawai polis yang masih tercegat di luar rumah hanya memerhatikan kebingungan Sumaya.

Kemudian tiba-tiba Sumaya terduduk di atas lantai. Seluruh anggotanya menjadi layu tidak berdaya. Badai perasaannya menghempas keyakinannya. Langsung dia menjerit dan menangis dengan sekuat-kuat hatinya!

5

"Buat apa nak pergi setiap hari? Bukan umi tahu kita datang!" teriak Asfar.

"Sudah lima hari umi di rumah sakit, abah belum sekali pun pergi. Walaupun umi belum sedar, tapi umi masih hidup..." ungkap Aira.

"Kau merepek apa ni, Aira? Kau kira abah tak sayang umi?" tanya Asfar.

"Tapi kita harus bantu umi. Siapalah tahu dengan adanya kita di sisi umi, kemungkinan kehadiran kita umi dapat rasa, ada orang yang masih sayangkan umi. Semuanya boleh berlaku," sela Aira.

"Mustahil..." Sentap Asfar.

"Mustahil, sebab dah takdir..." sampuk Aira.

"Aira tetap mahu abah pergi tengok umi," jelas Aira.

"Untuk apa?" soal Asfar.

"Sebab umi perlukan kita, abah!" ungkap Aira.

Langsung Aira mendengus dan bergegas melangkah keluar rumah sambil menutup pintu. Asfar tidak dapat menghalang fikiran Aira. Aira berhak menyatakan itu. Tetapi bagi Asfar, semuanya yang diperkatakan Aira adalah salah.

Walaupun masih jua mendahulukan takdir dalam semua kejadian, namun Asfar masih jua mengharapkan ada cahaya yang menyinar.

Istana hatinya menanti Dura. Jari-jemari bertaut membilang hari yang bakal dinanti. Cuma Asfar tidak mahu menunjukkan harapan itu di hadapan Aira.

Ia menjadi lembaran dan berada di ruang hati, nama Dura sering disebut. Dura yang satu adalah mustika ratunya. Semua kata-kata Aira hanya menambahkan luka dalam hatinya.

Apatah lagi Aira sering menyalahkan Asfar dengan apa yang menimpa Dura.

Kasih sayangnya kepada Dura tidak pernah berubah. Sampai akhir zaman cintanya tetap mekar dan segar dalam musim yang berganti.

Sebaknya bagai melemaskan seluruh jiwa dan raganya dalam lautan yang luas.

Asfar tidak senang duduk. Bila dia berada di ruang tamu duduk di atas sofa, senantiasa dia teringat Dura yang sering duduk di sampingnya. Bila Asfar melangkah ke dapur Asfar teringat Dura yang sering menyanyi semasa memasak. Dan bila masuk ke bilik air, terbayang Dura yang jatuh terlentang. Semua momen itu menjadikan dia sebak. Peristiwa pahit itu amat menggores hati. Masa itu mencatitkan kesalahannya, yang tidak pernah Asfar duga akan terjadi.

Lantas Asfar mengambil keputusan untuk keluar dan berjalan-jalan di luar. Dia mahu mengambil angin di luar sana. Sudah beberapa minggu terperuk di dalam rumah, Asfar merasa rimas. Asfar mahu menenangkan fikirannya. Kalaulah Aira tahu dia keluar dari rumah, tentu dia akan dimarahi. Ah, biarlah! bentak hati Asfar.

Asfar menyusur kedai-kedai berderetan yang berdekatan kawasan perumahannya.

Asfar melihat kedai kopi yang ditutup, semua kerusi yang tersusun rapi diikat dengan tali agar sesiapapun tidak boleh menggunakannya untuk duduk bersembang.

Semua orang memakai pelitup muka hingga bila ada orang yang melambai tangan, sukar untuk Asfar mengenalinya. Asfar menarik nafas kurang selesa dengan memakai pelitup muka.

Asfar tidak tahu apa yang harus dibelinya. Hanya beberapa kedai yang dibenarkan meneruskan perniagaan seperti kedai buah-buahan, farmasi dan *supermarket*.

Asfar membeli sesikat pisang emas. Asfar melihat tempat yang sering dilalui semasa menemani Dura ke pasar. Asfar berdiri di hadapan deretan kedai yang ditutup. Asfar melihat dengan pandangan yang kosong. Tiba tiba-bahunya ditepuk. Asfar agak terperanjat.

Asfar menoleh. Mulut Asfar ternganga. Orang yang disebut-sebut siang malam akhirnya menjelma di depan matanya. Benar kata-kata orang tua, sekiranya nama itu dipanggil, pasti orang tersebut akan datang muncul di depan mata.

"Assalamualikum," kata Umar.

"Waalaikumussalam," sahut Asfar. Suara yang dalam penuh kegembiraan dan kesyukuran.

Umarlah yang dicari-cari dan dinanti-nantikan. Siang malam Asfar berdoa agar Umar datang lagi bertemunya. Banyak lagi telaga kisah silam yang ingin digali. Kelmarin, waktu bertemu di pejabat, tak elok berbual lama-lama, banyak mata memandang. Jadi perbualan mereka tersangkut-sangkut. Dan Asfar tidak berpeluang tanya banyak hal.

Lagipun Asfar tidak selesa berbual dalam bertugas, banyak CCTV merakam pergerakkan di sekeliling bangunan. Pelawat tidak dibenarkan membuang masa di dalam pejabat.

"Kau dari mana?" tegur Asfar bertanya.

"Aku dari blok tu sana..." tunjuk Umar dengan muncung mulut. Walaupun jari itu menunjukkan bersebelahan dengan bloknya namun Asfar tidak memberitahu di mana dia tinggal.

Umar lalu membuka pelitup muka dan mula merokok. Asfar dapat melihat jelas wajah Umar yang kelihatan uzur. Umar tersengih menampakkan barisan giginya yang kuning kerana merokok.

"Takkan hantar barang?" soal Asfar.

"Eeeh, memang tidaklah." selamba Umar.

"Menantu Abu Samad meninggal dunia dalam kemalangan semalam…" sambung Umar.

"Apa?" Asfar tersentak.

"Astaghfirullah... Kalau ya pun bertenang la..." nasihat Umar.

"Betul menantu Abu Samad, kau tak kenal ke?" soal Umar sambil menghembus asap rokok.

"Anak Abu Samad lelaki atau perempuan?" Nafas Asfar semakin sesak.

"Perempuan, namanya Sumaya," terang Umar.

"Sumaya!" Asfar terjerit kecil.

"Kau kenal?" soal Umar.

"Tidak," jawab Asfar dengan pantas.

"Itulah satu-satu anak Abu Samad. Sempadan ditutup. Samad tidak boleh masuk. Dia minta tolong aku tengok-tengokkan anak dia," cerita Umar.

Umar juga terasa sedih bila mengenang Nadir yang meninggal dalam usia yang muda.

Tapi ajal dan maut tidak boleh diragukan, sekiranya sudah tiba masanya, tiada siapa yang boleh menghalang.

"Kau kan tahu, dia penyebab kematian Inara." Asfar terhenti di situ. Asfar tak sanggup menghabiskan kata-katanya.

"Memang betul Asfar, kalau diingat-ingat perbuatan jahatnya kepada Inara memang aku tidak mahu tolong. Tapi itu kisah silam. Setelah beberapa tahun kemudian, Abu Samad banyak berubah. Dia sudah buang tabiat berjudi dan mabuk setelah bernikah," terang Umar dengan bersungguh sambil mematikan api yang masih membara di puntung rokoknya.

"Kelmarin waktu jumpa, aku tak sempat nak tanya banyak hal," sembang Asfar.

"Asfar, biarkanlah masa silam pergi dengan kisahnya. Kau lupakan saja. Inara dah lama meninggalkan kita semua. Kau doakan semuga rohnya ditempatkan dalam kalangan orang yang beriman. Tak perlu berdendam dengan sesiapa. Kau jangan rasa bersalah. Kalau kau tahu bahwa Inara mengandungkan anak kau, tentunya kau tak akan biarkan dia... Aku kenal kau, As! Lagipun semua ini sudah menjadi tulisan dan takdir," terang Umar sambil memakai pelitup mukanya kembali.

"Aku takkan maafkan Samad sampai bila-bila," kata Asfar.

"Kenapa tidak?" sampuk Umar.

"Dah sah-sah, Samad punca kematian Inara..." marah Asfar meluap-luap.

"Sudah aku cakap tadi. Itu adalah perjalanan cerita masa silam. Kau harus redakan sesuatu yang memang bukan milik kau," nasihat Umar.

Asfar memandang tepat ke wajah Umar. Umar tidak berniat untuk menyebelahi mana-mana pihak. Malah dia mengerti perasaan Asfar yang mencintai Inara dulu.

Dia sering melihat Asfar menunggu Inara pulang dari sekolah di hujung kedai India sebelum jalan masuk ke kampung. Mereka berdua sering pulang lewat dari sekolah dengan alasan belajar dan bermacam-macam lagi helah untuk mengaburi keluarga masing-masing.

"Lebih baik berdamai dengan takdir. Masa silam sudah memamah usia kita, kita dah tua."

Umar berkata sambil mendengus panjang.

"Mustahil..." Sentap Asfar. Umar melihat kemarahan Asfar di wajahnya.

"Kau lihat muka aku ni. Kau lihat diri kau. Usia kita sudah jauh dimakan masa dan zaman. Kita tidak tahu berapa lama kita akan hidup. Memaafkan seseorang adalah terbaik untuk bekalan kita. Inara sudah lama tinggalkan dunia ini. Marah dan dendam macam mana sekalipun engkau kepada Samad, tak boleh bawa Inara hidup semula. Lagipun kau sudah ada keluarga sendiri," terang Umar sambil terbatuk-batuk kecil.

"Tidak semudah itu," kata Asfar.

"Kau jaga elok-elok isteri kau, jaga famili kau," pujuk Umar.

Asfar terpukul dengan kata-kata nasihat Umar. Umar memerhatikan Asfar yang termenung sejenak.

"Percayalah kepada Allah ketika segala sesuatu tidak berjalan seperti yang engkau inginkan. Allah telah merencanakan sesuatu yang lebih baik untuk kau," bicara Umar tanpa merenung wajah Asfar yang berubah. Kalau bukan Umar yang bercakap, Asfar pasti sudah bertikam lidah dengan hujah-hujahnya. Namun Asfar mengawal perasaannya agar jangan cepat melatah di hadapan Umar kerana Asfar masih memerlukan Umar untuk mencari anaknya yang dibawa lari entah ke mana. Hanya Umar yang tahu dan boleh membantunya dalam soal ini. Hanya Umar yang tahu kisah silamnya.

"Bersabarlah menahan diri daripada melakukan sesuatu yang tidak kau ingin lakukan dan bersabarlah menahan diri daripada sesuatu yang ingin kau lalui," kata Umar.

Asfar mengalihkan pandangan jauh nun di sana. Umar kasihan pada Asfar dan berharap Asfar dapat melupakan peristiwa hitam masa remaja.

"Kau tidak faham perasaan aku, Mar..." Asfar terasa sebak mahu meneruskan.

"Jangan menaruh dendam kepada sesiapa pun terutama pada Abu Samad. Tidak mungkin peristiwa hitam dapat digilap dengan cara apa sekalipun. Yang mati sudah tetap tempatnya. Inara tidak akan kembali lagi." Umar sungguh-sungguh mahu Asfar melupakan semua yang silam. Umar akan selalu berharap agar itu bakal terjadi.

Umar berharap Asfar dapat memaafkan kesilapan orang lain dengan ikhlas. Dan Asfar tidak sepatutnya merasa bersalah berterusan. Bukan salah Asfar. Bukan salah Inara.

Allah tidak hanya mencipta makhluk tetapi juga mengatur seluruh makhluk-Nya. Tiada sesuatu musibah yang menimpa seseorang dalam kehidupan ini kecuali dengan izin Allah kerana Allah mengetahui dan mengatur kehidupan ini. Dan barang siapa beriman kepada Allah dengan istiqamah, nescaya Allah memberi petunjuk kepda hatinya dengan memantapkan imannya. Setelah agak lama berdiri sambil bersembang, Umar melihat jam di tangannya. Dia harus beredar untuk meneruskan penghantaran ke tempat lain.

Pertemuan kali kedua juga singkat namun Umar rasa dia sudah menjawab pertanyaan Asfar. Asfar agak keberatan melepaskan Umar kerana masih lagi banyak perkara yang dia ingin tahu. Tetapi keadaan tidak mengizinkan.

Melihat kerutan di kening Asfar, Umar berjanji akan menelefon Asfar sekiranya ada kelapangan. Sebelum beredar, Umar langsung memeluk Asfar. Asfar terperanjat.

Asfar cuba mengelak tetapi Umar lebih cepat merangkul tubuhnya.

Mungkin Umar lupa mereka kini dalam fasa Covid 19 yang norma baharunya melarang bersalaman dan berpelukan.

Asfar merasa serba salah.

Setelah itu kelibat Umar terus hilang menuju ke tempat meletak kereta. Asfar masih tercegat di situ. Nafasnya naik turun. Asfar merasa letih.

Umar yang muncul dalam kehidupan Asfar membawa kemurungan yang banyak menghimpit lubuk hatinya.

Imbas kembali pada tahun 60-an, ketika itu dia masih tinggal di kampung, tempat dia dibesarkan oleh keluarganya. Asfar yang kacak dan sasa dalam umur belasan tahun menjadi kegilaan ramai gadis di sekolahnya. Hingga akhirnya dia jatuh cinta dengan Inara. Inara ialah pujaan hatinya. Berbisik semua bunga-bunga cinta antara Asfar dan Inara. Utusan cinta dalam dalam hati bagai pelangi. Senantiasa cerah dan tenggelam dalam intai malam.

Mereka pergi sekolah dan pulang sekolah bersama.

Di simpang jalan keluar dari kampung ialah tempat pertemuan mereka.

Perhubungan mereka menjadi rahsia. Hanya Umar yang tahu, itupun kerana dia belajar di sekolah yang sama. Umar tinggal berdekatan dengan keluarga Inara.

Perhubungan mereka dirahsiakan. Hinggalah pada suatu malam ayah Inara membawa Inara pulang ke kampung setelah mendapat tahu kematian datuk Inara.

Sebelum berangkat, Inara berpesan kepada Umar agar memberitahu Asfar tentang pemergiannya. Setelah mendapat tahu berita daripada Umar, Asfar merasa amat kecewa.

Dalam seminggu ketiadaan Inara, kampungnya terbakar. Lebih dari 30 buah rumah yang hangus dijilat api termasuk rumah Inara dan Umar. Umar diberikan tempat tinggal baru yang Asfar sendiri tidak tahu. Mereka terputus perhubungan. Umar berpindah sekolah.

Di situlah bermula persimpangan yang bersilang. Arus pembangunan menyebabkan rumah kampung dirobohkan dan pemerintah menyediakan rumah-rumah pangsa sebagai gantinya. Arus kehidupan berubah dan bertukar. Semenjak itu Asfar terus gagal menjejaki Inara atau Umar. Asfar mengorak langkah mengikut arus pemodenan. Setelah tamat persekolahan, Asfar bekerja sebagai polis.

Asfar sedaya upaya melupakan Inara sehinggalah dia berjumpa dengan Dura, seorang guru di sekolah rendah. Hubungan mereka mendapat restu daripada kedua-dua pihak keluarga. Perkenalan itu akhirnya membawa mereka hingga ke jinjang pelamin.

Asfar masih ingat bagaimana hari pertama bertemu kembali dengan Umar. Umar masih mengenalinya walaupun setelah berpuluh tahun terpisah. Sedangkan Asfar langsung tidak ingat raut wajah Umar yang nampak jauh lebih tua daripada usianya.

Tetapi Umar masih ingat tali lalat di tepi dagunya. Dan dari situlah permulaan deretan cerita-cerita lama berkumandang.

Menurut Umar, Inara dikahwinkan oleh ayahnya dengan Abu Samad. Tetapi kehidupannya tidak bahagia kerana akhirnya diketahui akan sikap suaminya yang suka minum dan berjudi. Inara amat terseksa. Lebih-lebih lagi selepas Inara melahirkan anak. Entah bagaimana suami Inara mengetahui bahwa anak itu bukan darah dagingnya. Anak itu hasil perhubungan dengan orang lain. Suami Inara menuduh ayah Inara menipunya. Tuduhan berat itu sehingga membuat ayah Inara jatuh sakit lalu meninggal dunia. Inara menagih simpati dan memohon ampun daripada suaminya tetapi sering dipukul lebih-lebih lagi ketika Samad kalah bermain judi. Akibat kerap dipukul, badan Inara mengalami kecederaan dan akhirnya membawa maut.

Anak Inara yang ketika itu berusia 7 bulan dibawa lari oleh mak cik Inara. Mereka khuatir sekiranya bayi kecil itu turut menjadi mangsa amarah Abu Samad.

Mak cik Inara yang memberitahu perkara sebenar pada keluarga terdekat Umar, bahawa bayi itu sebenarnya anak Asfar. Hanya ayah Inara yang tahu cerita itu.

Kalau ikut perhitungan, mungkin anak itu sekarang berusia 47 tahun. Mak Cik Milah dan keluarganya entah hilang di mana tiada siapa yang tahu. Masing-masing membawa hala kehidupan. Asfar menelan air liur mendengar kisah itu daripada Umar.

'Maafkan aku, Inara,' keluh Asfar dalam hati. Yang dilihat imbasan di ruang matanya ialah sebuah kedukaan yang pilu. Perlahan-lahan gadis yang pertama dicintai tiba-tiba mengundang rindu di sanubarinya. Membelai memori indah. Wajah yang pernah membelenggu rindunya pada zaman remaja. Seakan-akan cinta berombak kembali meniti setiap detik degupan jantung. Perasaan itu seperti bertangkai kembali. Seiring dengan itu, perasaan marahnya meluap-luap pada Abu Samad yang menyebabkan kematian Inara.

Dalam cuaca yang panas terik, Asfar mengatur langkah menuju jalan pulang. Banyak perkara yang bermain dalam fikirannya yang sedang berkecamuk. Kata-kata nasihat Umar direnung kembali. Pada Umar, boleh jadi Asfar membenci sesuatu padahal ia amat baik baginya, dan boleh jadi pula Asfar menyukai sesuatu padahal ia amat buruk untuknya. Sedangkan Allah mengetahui, sedang kita tidak mengetahui.

Dan Umar hanya mengharapkan agar Asfar mendapat pengampunan-Nya. Asfar harus tahu dunia ini ibarat bayangan.

Kita tidak akan dapat kembali masa lalu. Ia sudah jauh berlari tapi harus mengikut arah untuk meneruskan kehidupan. Tidak ada suatu musibah pun yang menimpa seseorang kecuali dengan izin Allah.

Sesungguhnya Allah SWT Maha Mengetahui segala sesuatu. Dan Allah tiada Tuhan selain Dia. Sebagai seorang mukmim, haruslah bertawakal kepada Allah semata. Kerana hati yang terluka akan terubat hanya dengan rasa ikhlas dan berserah pada Ilahi.

'Sumaya anak Abu Samad,' bentak Asfar dalam hati. Di pelosok mana dunia ini mereka tetap bertemu dan itulah dinamakan takdir. Apa yang berlaku selama ini semuanya ialah takdir yang sudah tercipta.

Mampukah insan yang kerdil mengubah takdir?

Cuaca panas terik memanaskan kepala Asfar. Lampu isyarat bertukar warna lagi. Asfar melangkah perlahan-lahan. Badannya terasa menggigil dan pemandangan terasa kabur.

Nafasnya terasa sesak. Makin cepat dia melangkah, makin nafasnya terasa sesak.

Asfar seakan-akan tidak berdaya melangkah lagi. Perlahan-lahan dia berjalan hingga sampai di muka pintu. Asfar merasa terlalu marah pada Abu Samad. Perasaan marah terpalit dengan rasa benci terhadap Sumaya. Entah kenapa perasaan itu seakan-akan ada kaitan. Perasaan itu timbul tanpa mengetahui siapa sebenarnya Sumaya. Kini perasaan itu sudah terjawab. Dura pernah bertanya dulu.

"Kenapa benci sangat pada Sumaya itu? Tengok elok aje perangai dia. Hormat dengan orang tua," bentak Dura kepada suaminya bila kedatangan Sumaya membuat Asfar rasa benci.

"Dani, anak Sumaya tu tak pula berlari ke sana ke sini atau merayap pegang itu dan ini. Selama di sini, budak itu duduk diam aje dekat emak dia..." tegas Dura bila dilihatnya Asfar masih mendiamkan diri.

"Cuma segelas air, takkan nak marah. Tak baik buat macam tu. Awak tunjukkan sangat yang awak tak suka," ungkap Dura.

"Suka sangat layan orang-orang macam tu," perli Asfar.

"Apa masalahnya? Dia tu bukan datang nak pinjam duit atau minta makan," jelas Dura.

"Tak suka, lainlah kalau cucu sendiri," pintas Asfar.

"Jangan berikan alasan yang tidak berasas seperti itu," sela Dura dengan marah.

Rupa-rupanya perasaan itu membawa firasat. Asfar terfikir-fikir, di manakah anak Inara berada sekarang, adakah dia masih hidup? Selepas pandemik berlalu, Asfar berhasrat untuk menghubungi Umar dan mungkin kali ini dia akan meminta Umar balik kampung dan mencari jejak warisnya apabila sempadan telah dibuka. Asfar berfikir bagaimana cara untuk mengakhiri kemurungannya. Antara perasaannya pada Dura dan Inara bercampur aduk.

Perasaan sayang pada Dura. Perasaan bersalah pada Inara. Tetapi kenapa Dura yang menjadi mangsa? Dura adalah segala-galanya.

Tiba-tiba rindu Asfar pada Dura bagai samudera yang bergelombang. Semenjak Dura tidak di sampingnya, bayangan Dura seperti tidak melekat dalam benaknya. Kadangkala Asfar terlupa wajah Dura. Dan Asfar merasa seakan-akan Dura merajuk jauh dalam diam.

Dalam tidur, Asfar selalu mengharapkan agar Dura datang dalam mimpi-mimpinya.

Namun Dura tidak pernah hadir membawa senyuman. Sekiranya disiram dengan air mata sekalipun namun bayangan Dura tidak akan bertakhta lagi. Asfar tahu Dura tersinggung dengan sikapnya yang dingin. Dura terluka kerana Asfar sering tidak mengendahkan kehadirannya di sisi. Asfar tahu Dura menyimpan perasaan marah.

Mungkin Dura merasa Asfar sudah tidak sayangkannya lagi.

Asfar cuba memujuk diri sendiri. Air matanya dikesat. Asfar banyak menangis sehingga tekaknya terasa perit. Badannya amat lemah dibahang mentari tadi siang.

Asfar terbaring di atas sofa dan tertidur.

Aira pulang dari hospital terus mencuci tangan dan muka sebelum berjumpa ayahnya.

Aira melangkah ke ruang tamu, dilihatnya Asfar tidur. Aira mematikan TV yang tiada penontonnya. Setelah itu Aira memegang dahi Asfar. Aira terkejut bila tubuh Asfar panas.

Aira terkejut.

"Abah, abah!" teriak Aira.

Asfar tidak segera memberi respons. Aira menjadi bingung. Aira tidak mengesyaki apa-apa yang buruk kerana Aira tahu bahawa Asfar tidak keluar dari rumah atau berjumpa sesiapapun.

Aira bergegas mengambil Panadol yang tersimpan lalu diberikan pada Asfar bersama segelas air.

Kemudian Aira membawa Asfar ke biliknya untuk berehat.

Melihat keadaan Asfar yang lemah, Aira merasa simpati. Dan Aira merasa bersalah kerana sering menyalahkan Asfar dengan apa yang terjadi pada Dura.

6

Pemerintah telah mengumumkan pembukaan semula beberapa sektor ekonomi setelah pemutus jangkitan penularan berjaya diharungi rakyat jelata. Dengan kelonggaran ini, banyak kafe dan restoran dibenarkan beroperasi semula dengan mematuhi SOP yang telah ditetapkan.

Namun melalui beberapa peraturan yang ditetapkan iaitu tidak dibenarkan berkumpul atau bersembang seperti dahulu di dalam restoran. Hanya 5 orang yang dibenarkan dalam satu kumpulan dan mesti mengamalkan jarak sosial satu meter.

Sewaktu pembukaan kedai makan pada hari pertama, penduduk begitu gembira. Ia seperti bermulanya satu kehidupan baru. Ramai orang kepingin sangat dan mengidam makan itu dan ini di luar.

Terpancar kegembiraan di wajah mereka yang dipanggil manusia. Manusia yang punya kemahuan selagi nadi masih berdenyut. Lantas dengan peluang yang terbuka, semuanya mengambil kesempatan. Kanak-kanak ialah golongan yang amat gembira sekali. Mereka sudah boleh bermain di taman permainan dan keluar rumah.

Kanak-kanak memerlukan rangsangan dari persekitaran yang positif seperti bermain di taman permainan dengan rakan-rakan sebaya dan ini merupakan salah satu cara pembelajaran bersosial. Emosi kanak-kanak mungkin terganggu kerana terlalu lama berkurung di rumah dan ia memberi tekanan dengan kebimbingan yang tidak menentu. Kanak-kanak berasa risau kerana rutin harian mereka terganggu ditambah pula perlu melakukan pembelajaran secara dalam talian dan pertemuan secara virtual melalui Zoom bersama guru sekolah. Mereka merasa tertekan untuk menyesuaikan diri.

Dengan kelonggaran yang diumumkan, secara tidak langsung mereka berasa gembira setelah sekian lama terperuk di rumah.

Ini saat yang ditunggu dan dinantikan. Semua tempat makanan segera seperti Mac Donald's, KFC, Burger King dan lain-lain kafe penuh dengan pengunjung sehinggakan untuk mendapatkan makanan perlu beratur panjang menunggu giliran. Sarah membawa Aniq Ikram makan di Mac Donald's yang menjadi kesukaannya.

Aniq berlonjak kesukaan bila mengetahui pemutus jangkitan sudah berakhir. Sebelum masuk ke dalam ruang makan, harus mengenakan kod *safe entry* dan diambil suhu badan masing-masing.

Dan yang amat penting ialah pelitup muka. Dan pelitup muka hanya boleh ditanggalkan apabila makanan yang dipesan sudah berada di atas meja. Setiap masa ada pengawai *Social Distancing* yang setia bertugas memeriksa setiap penjuru tempat. Dan mereka berhak mengeluarkan surat saman sekiranya ada orang yang melanggar peraturan yang sudah ditetapkan.

Ramai bersepakat lebih baik mengikut peraturan daripada akhirnya perlu membayar saman. Ramai orang yang bersetuju dengan cogan kata, 'kita jaga kita' untuk keselamatan semua dan orang-orang yang disayangi yang berada di sekeliling. Rasa bertanggungjawab pada setiap individu yang berterusan inilah yang membuat pemerintah yakin bahawa penularan ini dapat diatasi dengan baik.

Pembukaan semula perniagaan ini ialah untuk membantu peniaga-peniaga agar dapat bertahan dalam arus perubahan kehidupan yang kini berada dalam norma baru. Dampak pandemik semakin parah dan menjunamkan pertumbuhan ekonomi banyak negara di dunia menuju negatif.

Terutama melibatkan pasaran saham. Walaupun semua pemerintah di setiap negara berusaha keras untuk keluar daripada permasalahan ini, namun Covid 19 dijangka adalah krisis yang berpanjangan. Sedangkan para pakar meramalkan vaksin hanya boleh dihasilkan secara meluas dalam masa sekurang-kurangnya dalam setahun atau lebih lama. Para pakar perlu menganalisa dan membiasakan perjalanan Covid 19 dalam kehidupan dengan jangkaan lebih panjang lagi. Ekonomi dunia hampir lumpuh dan kebanyakan pemerintah membelanjakan bertrilion dolar untuk membantu sektor ekonomi dan memberi bantuan sementara kepada rakyat yang telah kehilangan pekerjaan. GDP tahunan akan datang dijangka merosot di bawah sifar. Ini pengucupan yang paling buruk sejauh ini dialami seluruh negara. Ada negara terpaksa menggunakan rizab negara bagi membiayai kos pakej bantuan untuk rakyat. Namun mustahil kerajaan akan terus menampung tahap kos kehidupan dalam norma baru.

Perjalanan antarabangsa tersekat dengan penutupan semua sempadan negara. Pengganggguran di kebanyakan sektor meningkat. Pemeriksaan kesihatan dan kuarantin berjalan dan menjadi satu kemestian dalam norma baru kehidupan. Pilihan yang ada bagi tiap individu ialah membentuk jati diri sebagai warganegara dan punya keazaman untuk tidak tewas dalam keperitan cara berkehidupan masa pandemik. Namun cara budaya nenek moyang tetap dijunjung tinggi.

Sarah sudah dua puluh minit beratur untuk membeli *breakfast meal* untuk Aniq.

"*Mummy, why so quite*?" tanya Aniq. Suasana yang luar biasa dirasakan. Di mana semua orang berada dalam dunia yang asing. Senyap dan sepi. Tidak seperti masa lalu, akan terdengar suara berbual, ilai ketawa dari kumpulan remaja.

"*Ssssh...*" jawab Sarah sambil menunjukkan isyarat kepada Aniq.

Setelah mendapatkan makanannya, Aniq membuka pelitup mukanya. Aniq menarik nafas. Rasa gembira mengatasi kepayahannya untuk bernafas kerana memakai pelitup muka.

Sarah hanya memerhatikan kerenah anaknya. Aniq mengunyah satu per satu kentang goreng dan burger yang ada di atas meja. Matanya memandang ke kiri dan ke kanan. Kunyahan cepat dan pantas. Aniq seperti balas dendam sebulan tidak dapat datang ke tempat yang digemarinya.

Bagi Sarah walaupun tanpa Zaful, dia berazam memberi yang terbaik dari segi dunia dan akhirat demi masa depan Aniq. Kecurangan Zaful antara perkara yang paling dibenci namun Tuhan telah menunjukkan siapa sebenar Zaful.

Patutlah semasa saat melahirkan Aniq, ketika Sarah merayu agar Zaful pulang, Zaful sering memberi bermacam-macam alasan. Perit akibat terluka ditanggungnya sendiri, ia bukan sesuatu yang mudah diungkap dengan kata-kata. Siang malam Sarah menangis mencari kekuatan dari berbagai-bagai arah. Tiada cinta dan kasih sayang tersisa.

Kasih sayangnya hanya tinggal bayang-bayang yang tidak dapat dilihat dan dirasai oleh Zaful. Zaful tidak mahu berbincang tentang itu. Pilihan Sarah hanya satu iaitu minta dicerai.

Tiada perempuan di dunia ini yang rasional menganggap satu keindahan sekiranya cintanya dikhianati.

"*Mummy, why I cannot have a daddy like him..*" tunjuk Aniq ke arah keluarga tiga beranak yang duduk di penjuru kanan tidak jauh dari meja. Sarah tersedak di hujung cawan Milo ais yang berada di hujung bibirnya. Mata mengekori pandangan anaknya ke arah keluarga itu.

Aniq mengerti pandangan yang kurang senang ibunya. Aniq lalu tunduk bila sedar pertanyaannya membuat Sarah membeliakkan matanya.

"*Son, please eat properly,*" perintah sang ayah mengingatkan si anak yang sebaya Aniq.

"*Yes daddy,*" sahut anak sebaya Aniq sambil membetulkan kedudukan punggungnya di atas kerusi.

"*Why my dad have to die*?" tanya Aniq Ikram dengan wajah yang sedih dan pilu. Sarah mengerti Aniq sudah mula merasa kekurangan dan kekosongan dalam berkeluarga. Sarah menarik nafas dalam-dalam.

"*Mummy* minta tolong, Aniq jangan tanya pasal *daddy* boleh?" pinta Sarah dengan suara amat sebak. Wajah Aniq bertukar menjadi muram dengan serta-merta. Dia tunjukkan muka *selengeh.* Aniq selalu ingin tahu mengapa Sarah tidak membenarkan pertanyaan yang ada kaitan dengan ayahnya. Kenapa susah sangat untuk Sarah menerangkan?!

"Bila Aniq dah dewasa, *mummy promise* akan ceritakan kenapa semua orang akan mati. *Mummuy* pun akan mati, Aniq pun akan mati... Kita tak tahu bila," cerita Sarah cuba memujuk Aniq.

"*Which year consider* besar, *you will tell me*?" soal Aniq.

"*Maybe* bila umur Aniq 16 atau 17 tahun. *Mummy* ceritakan kenapa *daddy* meninggalkan kita."

"*Promise*?" soal Aniq kembali bersemangat.

"*Promise, from now* jangan tanya tanya lagi, okey?" pinta Sarah. Kalimat *promise* atau janji membawa Aniq rasa kemenangan akhirnya dia akan dapat tahu semua yang berlaku.

Aniq terus terasa gembira dengan janji ibunya. Aniq menikmati kentang goreng dan burger. Gembiranya bukan kepalang. Tiba-tiba Sarah menerima WhatsApp daripada Aira yang yang menanyakan di mana dia sedang berada. Sarah tersenyum kemudian dia berswafoto dengan Aniq lalu dihantar kepada Aira. Aniq hanya memerhatikan senyuman ibunya tanpa bertanya apa-apa kerana dia sibuk mengunyah kentang goreng.

Aira memandang wajah ibunya dari luar pintu dinding kaca. Dura masih koma.

Dalam hati Aira, berulang-ulang kali memanggil nama Dura. Saat itu hati Aira sudah tidak mampu menyembunyikan rasa pilunya. Perlahan-lahan kesedihan itu bertukar menghadirkan air mata. Aira merasakan seakan-akan tidak dapat melewati semua kesedihan itu.

Aira menyedari senandung jiwanya mengingati betapa kerdil dirinya sebagai insan yang punya kelemahan dan pengharapan.

Rindu rasanya mahu memeluk Dura. Rindu suara Dura yang suka menyanyi di dapur.

"Betul ke kalau suka menyanyi di dapur waktu masak dapat suami tua?" tanya Aira semasa membantu uminya masak.

"Nenek Aira sering jerit-jerit sambil membebel. Kata nenek pada umi. Jangan asyik menyanyi... Nanti ikan hangus!" Suara Dura dengan riang menceritakan mengenai ibunya semasa Dura membantu memasak di dapur. Dura ketawa.

"Ai tak faham, apa kaitan dapat suami tua dengan menyanyi?" Aira mendengus sambil mengangkat bahu.

"Ai kan tahu kalau kita menggoreng ikan, ikan dalam minyak bunyi bising dan meletup-letup. Itulah nyanyian ikan dalam kuali minyak panas. Kemudian bila ikan sudah masak tiada bunyi lagi. Dan kenalah pusing ikan supaya tidak hangus. Bunyi bising ikan dalam minyak nenek kata ikan menyanyi," terang Dura.

"Kalau kita menyanyi dan ikan menyanyi... Bayangkan," gelak Dura.

"Dapat suami tua menyanyi di dapur hanya pengajaran yang ingin disampaikan agar makanan tidak hangus atau cedera bila memasak di dapur. Kita berselawat semasa memasak atau memotong ikan, daging atau sayur lebih digalakkan..." pesan Dura.

Mereka berdua ketawa mengingat pantang larang dan pesanan orang tua zaman datuk nenek kita.

"*Ehmmm*... Faham," sela Aira sambil menjeling ibunya.

"Umi suka menyanyi," kata Dura.

"Tahu, umi suka lagu *Savage Garden*, umi suka lagu Whitney Houston... *I have nothing*..." sampuk Aira. Kemudian Aira menyanyikan lagu *I Have Nothing* dan Dura menyanyi bersama.

"*Share my life. Take me for what I am. Cause I never change. All my color for you...*"

Kemudian Aira terbatuk-batuk. Mereka ketawa bersama. Kemudian Dura berdehem lalu menyanyikan lagu Sesungguhnya dari kumpulan Raihan. Aira terdiam kerana terlupa lirik lagu tersebut. Tiba tiba Dura teringat sesuatu.

"Alahai Ai, ikan bawal umi dah hangus!" jerit Dura. Mereka ketawa geli hati.

"Macam mana, umi? Abah mesti tak mahu makan." Aira melihat ikan bawal kegemaran abahnya yang telah hangus di sebelah bahagian. Mereka berdua ketawa lagi sambil mengangkat bahu saling menuding.

Aira tersengih. Rindu masakan uminya. Rindu telatah uminya. Rindu suara nyanyian uminya di dapur. Rindu gelak ketawa uminya.

'Umi... Bangunlah... Kesian pada Aira dan abah.' Tersekat-sekat suara kecil hati Aira.

Sebutir demi sebutir air matanya berputik di kelopak mata. Aira mengelapnya dengan tisu. Terasa amat sangat kekosongan dalam hidup.

Duralah uminya dan Duralah teman dan sahabat dari dulu sampai sekarang Segala tekanan dalam hidup hanya Dura yang tahu. Mereka dua beranak berkongsi suka dan duka. Duralah yang menjadi orang yang pertama menyelami. Saat itu ada Dura yang ada bersamanya mendengar luahan hati mengenai sesuatu yang sudah berakhir. Dura menjadi teman terbaik dalam semua keadaan untuk berbicara dengan nyaman.

"Ingatlah sayang, berikan hatimu kepada orang yang benar-benar menyayangimu," pujuk Dura.

Dura faham betapa sulitnya gambaran hati ketika hubungan berakhir.

"Jangan mengaku kalah, jangan menyerah," kata Dura membakar semangat Aira. Dura mahu memastikan Aira benar-benar sembuh daripada kesedihan yang dialami. Aira tidak pernah menyembunyikan apa-apa daripada ibunya.

Dura ialah orang pertama yang akan tahu semua hal yangn dilalui Aira.

Aira teringat ketika cintanya putus di tengah jalan. Dia pulang ke rumah terus memeluk Dura yang membuka pintu. Aira terus menangis tanpa ditahan-tahan. Dia menangis dengan sekuat-kuatnya. Dura yang terpinga-pinga langsung menutup pintu dan membawa Dura ke biliknya. Air mata Aira mencurah-curah membasahi pipi. Dura tersentuh lalu mendakap puterinya sambil mengusap-usap rambut Aira.

Air mata Aira membasahi dadanya. Hati Dura ikut merasakan kesedihan itu. Dalam keadaan yang tenang setelah berhenti menangis lalu Dura berkata,

"Cinta tak boleh dipaksa, ia datang dari hatinya ikhlas," kata Dura dengan perlahan.

Dura melepaskan pelukan dan memandang wajah anak kesayangan. Direnung wajah puterinya dengan senyuman. Senyuman yang menyembunyikan perasaan sebaknya.

Namun Dura sedaya usaha tidak mahu Aira melihat kesedihannya. Ibu mana yang tidak merasakan pilu melihat kesedihan anaknya?

"Umi tak pernah ajar macam mana nak jatuh cinta..." kata Aira cuba menenangkan dirinya sendiri dan ketawa kecil.

"Tak ada kelas yang mengajar bagaimana untuk jatuh cinta, *it's come from here...*" kata Dura sambil menyentuh dada Aira Naina.

"Sekiranya tiada sentuhan bermula di sini, ertinya cinta itu belum berputik, ia perlukan masa untuk tumbuh dan berputik..." terang Dura kepada puterinya.

"Tapi umi..." Aira terhenti di situ, tidak sanggup dia meneruskan kata-katanya.

"Sekiranya keluarganya menolak perhubungan itu, mungkin ada sebabnya," ungkap Dura.

"Anggap aja bukan jodoh Aira," nasihat Dura lagi.

"Sebab Aira bukan doktor, ibunya memilih seorang doktor untuk Bilal," bentak Aira.

"Tidak mengapa sayang, biarlah luka sekarang daripada kita dilukai kemudian hari. Anggap cinta itu tidak berada di tempat yang betul," nasihat Dura.

"Bilal tiada sepatah kata untuk mempertahankan..." terang Aira dengan agak marah.

"Mungkin Bilal tidak tahu-menahu soal pilihan ibunya. Dan Bilal tidak menyangka perkara ini akan berlaku," jelas Dura. Dura merasakan nafas Aira kembali tenang dan teratur.

"Memang bukan jodoh. Keluarga Bilal berhak memilih dan merancang. Kita doakan moga Bilal Bahagia." Dura menasihati Aira. Dengan rasa berat, Aira menganggukkan kepala seakan-akan membenarkan kata-kata Dura.

"Ingatlah, hidup ini terlalu singkat untuk kita simpan rasa dendam. Biarkan berlalu. Doa umi, Aira semoga bertemu dengan orang yang lebih baik dan lebih ikhlas menyayangi. Dan orang itu mesti boleh menjadi imam dalam setiap solat Aira," kata Dura lagi.

Dura menitiskan air mata sambil memeluk anaknya lagi. Hanya hati perempuan yang dapat menjangkau perasaan hati seorang wanita lain. Melihat air mata Dura, Aira menjadi pilu dan merasa bersalah.

"Sudah, marilah kita makan *brownie* yang Aira buat." Dura memujuk.

"Tak ada selera la," kata Aira Naina. Aira melihat Dura yang sungguh-sungguh mengunyah biskut *brownie* yang dibuat semalam. Biskut *brownie* itu dibuat khas untuk dihadiahkan kepada ibu Bilal. Namun hasratnya itu dibatalkan setelah mendengar penjelasan daripada ibu Bilal.

Dura kemudian memasukkan sedikit potongan biskut itu ke mulut Aira. Aira menelannya seperti menelan kesedihannya.

Aira berdoa semoga Dura akan kembali ke pangkuan keluarga dengan secepat mungkin.

Indahnya saat-saat bersama Dura selalu menjadi sorotan dalam hidup Aira. Sorotan yang membawa senyuman. Memang kadangkala sukar diungkap. Itu istilah sebuah kenangan demi kenangan yang menjadi seakan-akan molekul dan penggerak tenaga untuk meneruskan sesuatu.

Setelah lama di situ, Aira berjalan meninggalkan wad Dura. Langkahnya satu per satu bergerak menuju ke arah lif. Aira menunggu di hadapan lif. Lif terbuka dan Aira terasa semacam ada keanehan terbit dalam hatinya. Semua orang di dalam lif melangkah keluar dan perasaan aneh Aira terjadi lagi dengan degupan jantung yang mengganggu. Walaupun semua orang yang keluar memakai pelitup muka namun Aira amat yakin di antara mereka mempunyai pandangan yanag tidak asing baginya. Aira melangkah keluar dari lif dan berjalan menuju kafe yang sudah dibuka semula.

Aira ingin menikmati kopi di kafe di situ. Aira meletakkan cawan di atas meja. Disemaknya telefon sekiranya ada panggilan dari pejabat.

Cuma Sarah menghantar gambar bersama Aniq semasa bersarapan dengan perkataaan '*craving*' dan disertakan *emoji love.*

Aira tersenyum. Tiba-tiba namanya dipanggil.

"Aira Naina." Lembut suara itu beralun. Sapa orang di hadapannya sambil meletakkan dulang yang terdapat secawan air di atas meja dan langsung duduk tanpa dipersilakan. Orang yang muncul itu membuka pelitup mukanya. Alangkah terperanjatnya Aira bukan kepalang.

Mukanya menjadi pucat. Jantungnya berdegup dengan pantas. Aira menggigil bukan kerana ketakutan tetapi seakan-akan kemarahannya meluap bagaikan gunung yang mahu meledak. Jantung berdegup kian pantas seperti terkena kejutan elektrik.

Semua anggota tubuhnya terjerat dalam perangkap. Aira menarik nafas dalam-dalam.

Aira tunduk, tidak menyangka sama sekali. Sebaknya melanda. Esakannya berkumpul dalam hati. Ditahan supaya jangan terkeluar di hadapan orang ramai. Namun kewarasannya belum tumpul, kedewasaannya masih belum pupus. Sudah dia menerima hakikat, sudah lama kukuh bertapak perasaan reda.

Aira enggan berkata-kata dan berbual dengan tetamu yang tidak diundang di hadapannya.

Aira lalu berdiri dan beredar. Namun tangannya digenggam dengan kuat. Aira cuba menepis tangan itu tetapi genggamannya semakin kuat. Aira duduk kembali.

"Tolong jangan pergi," pintanya.

"Aira Naina," panggilnya lagi. Hanya suara itu yang sering memanggil dengan panggilan Aira Naina.

"Bilal..." sebut Aira bila dia berjaya kembalikan perasaannya pada diri sendiri.

Aira kelihatan tenang ketika menyebut nama itu kerana sedetik yang lalu, dia sudah berusaha dengan sedaya upaya mendidik dirinya. Aira tidah seharusnya kelihatan lemah menyingkap sejarah lamanya. Aira harus tetap kuat melawan ombak hatinya.

"Benar, aku Bilal," ungkap orang di hadapannya. Seakan-akan suara itu mengerti ketenangan Aira waktu itu suatu petanda bahawa kisah silam sudah jauh dikuburkan dalam pusara hati.

"*Please don't go*," pinta Bilal dengan perlahan.

Suasana menjadi sepi beberapa ketika. Kedua-duanya agak keberatan untuk memulakan sebarang kata-kata. Kedua-duanya berasa canggung. Lima tahun begitu cepat berlalu.

Perpisahan lima tahun lalu bagaikan semalam baru berakhir. Jadi tidak mustahil sekiranya tiada apa yang dapat dikongsikan, semuanya sudah tercurah dan terungkap. Bagi Aira, Bilal sudah berumah tangga dan hidup bahagia di samping isteri yang juga seorang doktor.

Aira rasa dia tidak perlu berkata-kata apa-apa lagi. Aira menghela nafas panjang. Cuma kini Aira tidak selesa berada di hadapan Bilal. Dan Bilal pula memandang wajah Aira Naina.

Bilal meneka, mungkin Aira sudah punya pasangan hidup. Bilal biarkan benaknya mencari kebenaran. Aira menghirup kopi yang masih setengah berbaki di dalam cawannya. Aira merasa segar.

Nescafe yang diminum membantu kestabilan pemikirannya.

Menstabilkan emosinya dengan *emoji #moveon*. Aira sudah bersedia menempuh kenyataan.

"Kau sudah berpunya?" soal Bilal.

"Perlu aku jawab?" Sentap Aira.

"Aira Naina, aku ingin jelaskan. *Please listen*," kata Bilal dengan tergagap-gagap.

"Untuk apa?" Sentap Aira lagi.

Keadaan sepi kembali. Seolah-olah Bilal membiarkan teka-teki dalam hati Aira.

Seolah-olah Bilal mahukan Aira terus bertanya. Bilal merenung wajah Aira.

Aira pura-pura tidak memandangnya. Dia melihat kelam air kopi di dalam cawannya. Aira mengeluh dalam hati. Sekali lagi Aira mahu beredar. Aira tidak mahu tahu sebarang penjelasan lagi. Baginya, Bilal sudah hilang dari memori dan dairi hidupnya.

"Sebenarnya sudah banyak kali aku nampak kau. Tetapi aku tidak punya kekuatan untuk mendekati kau. Hinggalah hari ini aku mengambil keputusan berani mati untuk berdiri di sini," cerita Bilal.

"Maksud kau?" tanya Aira yang terkejut mendengarnya.

"Aku baru dipindahkan di rumah sakit ini setahun yang lalu. Dan akulah yang sering melambai tanpa kau balas," kata Bilal bersahaja.

Memang benar jantung seseorang akan berdebar kencang saat bertemu orang yang disukai kerana itu adalah petanda cinta. Perasaan cinta salah satu perasaan yang berhak dirasakan oleh setiap manusia. Cinta merupakan salah satu perasaan yang tidak boleh dihalang.

Saat berjumpa dengan orang disukai, secara langsung otak dan tubuh melepaskan hormon seperti hormon *dopamine*, adrenalina, serotonin, estrogen juga testosteron.

Kombinasi dari semua hormon inilah yang membuat jantung seseorang berdegup kencang saat berselisih jalan atau bertemu dengan orang yang dicintai. Tetapi saat cinta masih bersemi, degupan ini mempunyai perasaan cemas dan takut dan tidak rela untuk terima satu kehilangan.

Degupan jantung itu berombak deras sewaktu pertama kali ketika Aira Naina berjumpa Bilal.

Dan ia beralun deras sewaktu Bilal menyatakan isi hatinya setelah berkawan lebih setahun. Hanya perasaan yang ada kaitan dengan Bilal membawa degupan jantungnya seperti meledak.

Setelah itu, bila Aira berkenalan dengan sesiapa sahaja, perasaan yang terbit hanya biasa-biasa sahaja, tiada degupan. Hatinya tidak terketuk.

Perasaan aneh yang timbul sepanjang berada di wad ibunya adalah sebabnya hadirnya orang pernah dicintai dan disayangi. Doktor tinggi lampai yang sering berulang-alik melambainya ialah Bilal. Lambaian yang menikam nalurinya. Dan jelingan dari bola matanya mengingati dirinya pada sesaorang. Terasa marah juga bila perasaannya sering terganggu dengan kehadiran orang yang tidak dikenali dan mengundang perasaan aneh itu.

"Semuanya dah berakhir. Tiada mimpi dan impian. Aku dah *move on* mencari arah," tegas Aira.

"Maafkan aku, Aira Naina," ungkap Bilal.

"Aku dah lama maafkan. Lagipun kau tidak berusaha mempertahankan hubungan kita." Sedih Aira meluahkan isi hatinya.

"Jangan salah faham, Ai," terang Bilal.

"Jangan salah faham kata kau? Kau bukan seperti yang kusangkakan," kata Aira.

"Bolehkah kita membina semula mimpi kita agar menjadi impian?" tanya Bilal.

Bilal mengerti apa yang Aira sedang rasakan. Terlalu berat beban lalu yang Aira pikul sendirian. Tapi Bilal sendiri tak tahu bagaimana harus menyampaikan perasaannya yang hampa ketika itu. Bilal biarkan semua berjalan seiring berjalannya waktu. Walaupun segudang perasaan kecewa melewati kehidupannya saban hari.

Tidak semua manusia akan segera mengerti tentang perasaan yang ada dalam hati. Hanya kata-kata yang paling mudah menyentuh perasaan.

Hanya dengan kata-kata yang bakal tahu makna dalam hati yang dalam. Ke manakah isi hati Bilal berlabuh, sungguh Bilal tidak mampu melanjutkan setelah gagal mencari Aira.

"*Are you crazy*?" marah Aira.

Aira tidak mahu menjadi penyebab keruntuhan kebahagiaan orang lain. Dan ini tidak pernah ada dalam kamus hidupnya. Uminya sanggup penggal kepalanya sekiranya ini yang berlaku.

Walaupun itu hanya gurauan tapi Aira tahu dan menyedari bahawa Dura tidak akan teragak-agak menghukumnya.

"Sebenarnya..." Bilal terhenti. Dia memandang wajah Aira.

"Tolonglah, aku tak perlu diberitahu tentang perjalanan hidup bahagia kau bersama Natasha... Ohhh, lupa Doktor Natasha. Aku dah lupakan semuanya," terang Aira.

"Memang benar setelah aku berpisah dengan kau, aku bertunang dengan Natasha. Ibuku memilih Doktor Natasha dan aku pilih kau, Aira. Tapi pertunangan itu hanya bertahan 7 bulan. Banyak perbezaan antara kami berdua. Kami sering bergaduh pada perkara-perkara kecil seperti dari soal makan, *shopping* dan kegemaran. Tiada satu pun yang ada titik persamaan atau sekurang-kurangnya menghormati kemahuan orang lain."

Natasha sering melihat kekurangan Bilal sebagai kelemahan bukan sebagai pelengkap sebuah kehidupan. Bilal sering terasa tertindas. Setiap kali timbul tindak balas daripada Bilal, Natasha meraih simpati dan sokongan daripada keluarganya dan ibu Bilal sendiri.

Dan pergaduhan mereka selalunya melibatkan dua keluarga. Natasha suka menimbulkan perkara-perkara kecil yang boleh mencetuskan selisih faham.

"Ibuku selalu menyebelahkan Natasha kerana ibu memilih gadis itu. Ibu lakukan semata-mata untuk mengambil hati Natasha walaupun ibuku tahu hatiku sering terluka dan dilukai. Namun dalam diam, ibu tetap ibu. Ibu yang mengandung dan melahirkan kita nalurinya cepat faham naluri anaknya sendiri. Ibuku faham bahawa aku cukup terseksa," ungkap Bilal menarik nafas. Aira hanya mendengar.

"Ai, sebagai anak, aku cuma ingin membahagiakan ibuku. Dan aku harap cinta dan sayangku akan bertaut sepanjang perjalanan aku dengan Natasha. Tapi manusia hanya boleh merancang tapi Tuhan menentukan bahawa Natasha bukan jodoh aku." Bilal berhenti di situ. Sebaknya bukan kepalang. Aira tenggelam dengan perasaannya. Tidak dia mengerti apa yang harus ditunjukkan.

"Aku dan Natasha berbincang mencari penyelesaian. Kami bersetuju undur diri dari rancangan keluarga kami yang mahukan kami Bersatu," jelas Bilal.

"Kami setuju putus tunang, dan cari jalan masing-masing. Semenjak itu aku cuba mencari kau di mana-mana. Kau tukar numbor telefon, kau *remove* aku dari FB. Aku tak dapat cari kau di mana-mana. Aku betul-betul putus asa." Sayu Bilal bersuara.

"Untuk apa mencari aku? Aku bukan pilihan ibumu. Aku bukan seorang doktor," cakap Aira.

"Aira! Ibu aku sedar kesilapannya," tegas Bilal.

"Tapi kau harus terima kenyataan ini," pinta Aira.

"Boleh kau maafkan ibuku?" soal Bilal dengan sungguh-sungguh.

Aira hanya memerhatikan Bilal dengan pandangan yang kosong.

7

Asfar melangkah setapak berdiri di penjuru katil dengan jarak satu meter. Asfar memilih untuk berdiri di situ. Asfar terasa canggung seperti pertama kali bertemu. Asfar memerhatikan bidadarinya yang lena lurus terbaring. Hatinya pilu. Sendunya menyentap jiwa dan raga.

'Assalamualaikum, wahai sayangku,' teriak Asfar dalam hati. Asfar tahu Dura mendengarnya. Dura terbaring dengan tenang. Nafasnya satu per satu dihembus dengan bantuan alat pernafasan. Dura kelihatan tidur dalam mimpi yang tidak pernah sudah.

Asfar terasa sebak. Seakan-akan tangisannya mahu meledak ketika itu. Dia tahan-tahankan agar tangisan itu tidak membunuh ketenangan di ruang yang sempit itu. Jantungnya berombak hingga tidak ada rasa selain kepiluan terlalu dalam. Dalam ketenangan itu dapat dirasanya Dura memendam rasa. Dura seakan-akan simpan semua rasa pasrah.

Kini rasa itu menghukum perasaan rindu Asfar yang tidak pergi bersama senja yang berlalu.

"Maafkan kanda, wahai bidadariku sekiranya kau tidak bahagia, maafkan kanda. Kanda tahu, hati dinda terluka kerana kanda manusia yang tidak sempurna," kata Asfar.

"Berat beban jalan di hadapanku. Hidupku seperti berada di padang yang tandus. Nasib baik kanda punya masa lalu bersamamu. Bersamamu membuat kanda yakin dan mencari ketenangan." Asfar berbicara dengan Dura.

Rasa sebaknya hadir, dia pun mengalirkan air mata. Rasa sebaknya itu menghasut rasa sepi Asfar.

Asfar tidak pernah berhenti merasa bersalah dan meminta agar masih ada masa dan kesempatan untuk dia mengubati luka Dura. Asfar tetap menunggu dan terus menunggu hingga Dura pulang ke pangkuannya.

Asfar mahu membicarakan rasa bahagia. Asfar menarik nafas. Matanya memandang tepat ke arah Dura yang menutup mata. Asfar berbicara di sudut hatinya lagi.

Asfar mengucapkan terima kasih kerana Dura sering berada di sisinya dan membuat hidup Asfar selama ini amat bahagia, berterima kasih kerana Dura sudah mencintainya dan menerima cintanya sepanjang hidup mereka berdua. Dura tidak pernah berhenti menyayangi Asfar. Asfar tahu itu. Ketiadaan Dura adalah kenyataan paling berat yang harus dipikul.

Hanya air mata Asfar yang jatuh, memanggil kenangan saat mereka berdua saling memahami. Asfar tidak rela membiarkan cinta Dura pergi begitu saja. Terasa benar kekurangan dan kekosongan dalam hidupnya.

Ternyata apa yang dilakukan dan dirahsiakan membuat Asfar tidak tenang malah membuatnya terluka sepanjang masa. Maka kerana itu, Asfar mahu terus berterus terang di hadapan Dura sekarang. Kali ini dan hari ini, Asfar ingin jujur di hadapan Dura.

Walaupun Asfar hanya mampu menyampaikan kisah itu pada waktu Dura sedang terlena namun Asfar tahu Dura mendengarnya. Asfar tahu Dura sedar kehadirannya.

Asfar tidak mahu dituduh pengkhianat cinta! Tuduhan itu ditujukan kepada dirinya sendiri dan kenyataan itu menusuknya dengan rasa sedih, kecewa, pilu, hampa, pedih, perit. Semuanya menghimpit dan mengutuk dirinya. Dan Asfar tahu, Dura merasakan semua itu tetapi lebih menyakitkan.

Alangkah indahnya dunia ini jika Dura dapat menerima kesilapannya lewat bingkasan kata-kata dan alangkah baiknya jika waktu itu tercipta perutusan isi hati.

Barangkali Dura masih punya masa membuka perutusan itu yang berkaca dan mencerminkan kejujuran Asfar. Dan mungkin tidak wujud keadaan seperti sekarang.

Mungkin bingkasan kata-kata terucap menghapuskan rasa sakit yang ada. Badai pasti berlalu melangkah sejauh mana detik ini berhenti mengisi memori.

Namun memang dasar manusia harus sampai kepada titik garisan untuk mengerti erti kekurangan dan kekosongan sebuah kasih sayang dan kesetian. Lantaran itu Allah menjadikan hidup dan mati. Agar manusia dapat mensyukuri dan menghargai sesuatu yang dimiliki.

Kini yang terpenting Asfar tidak mahu sembunyikan rahsia, Asfar mahu menjelmakan kisah itu menjadi sebuah pengakuan mengenai jejak yang lama yang telah ditinggalkan.

Cuma Asfar senantiasa mengharapkan pengertian daripada Dura. Hati Asfar sudah menolak keegoan.

'Kanda ingin tetap mencintaimu, itulah kata isyarat yang kanda ingin bisikkan,' bisik suara hati Asfar.

Asfar menolak untuk melawat Dura kerana merasa betul-betul rasa berdosa dan bersalah terhadap Dura. Asfar sengaja mencari berbagai-bagai alasan mempertahankan diri daripada menerima cemuhan perasaan dirinya sendiri. Cemuhan itu yang membebani hidupnya. Cemuhan itu bersarang dan menghukumnya. Bagai pedang yang menghiris halus kepingan hatinya. Semenjak hidupnya dibebani dengan berita kematian Inara, Asfar menjadi canggung untuk menyakat Dura.

Lidah Asfar seakan-akan menjadi kaku untuk memanggil sayang, lidahnya seakan-akan menjadi kaku untuk memuji Dura sebagai bidadari. Tiada sepatah kata seindah bahasa yang mahu Asfar lahirkan. Gangguan emosi membuat Asfar diam dan terus membisu bila bersama Dura.

Sedangkan Dura mencari-cari di mana kesilapan dirinya, kenapa Asfar menjauhi dirinya?

Dengan diam di hadapan Dura, adalah sebagai perlindungan dari rasa luka yang tersimpan. Dengan menunjukkan selalu rasa marah pada Aira sebenarnya Asfar membenci dirinya sendiri.

Marah pada Aira, membisu dan mendiamkan diri pada Dura pada saat itu sebenarnya Asfar sedang berdiam dan marah pada kekecewaan hidupnya.

Dan ketika itu Asfar juga mengerti bahawa dirinya telah menghancurkan jiwa Dura dan Aira.

Asfar tidak seharusnya mati-matian memperjuangkan apa yang belum pasti walaupun itu nilai sebuah harga diri! Ketika itu cinta Dura sudah sarat dengan air mata.

"Dura sayangku, dinda masih ingat? Kanda pernah beritahu ketika kita pertama kali berjumpa. Kanda beritahu bahawa adinda bukan orang yang pertama kanda cinta, pernah suatu masa hati kanda ada orang lain mengisinya terlebih dahulu," kata Asfar berbicara terus dalam hati yang terhimpit kesedihan.

Asfar sudah mempunyai kekuatan untuk luahkan isi hatinya. Asfar masih teringat waktu Dura seorang gadis yang sopan hanya menguntum senyuman. Dalam sebak, Asfar tersengih teringat senyuman Dura yang dilemparkan kepadanya. Terbayang senyuman itu, Asfar tersengih di sebalik pelitup mulutnya.

"Kanda mencintaimu. Kanda menyayangimu," kata Asfar meyakinkan hatinya sendiri.

Kekuatan cinta merupakan emosi yang kuat bagai tiang seri yang kukuh dan utuh membina kehidupan. Ia tidak pernah pudar dimamah masa, pengertian perasan Asfar terhadap Dura. Ia tidak pernah musnah walaupun mereka harus memiliki usia senja.

Asfar sedar ketidakjujuran itu bermula dari rahsia kecil. Dan Asfar mengerti bahawa tidak seharusnya dia menjauhi diri dari orang yang dicintai kerana hatinya sendiri akan jauh lebih terluka. Jika orang yang dicintai bakal pergi jauh meninggalkan.

"Biarlah masa itu berlalu. Dinda harap tiada rahsia di antara kita. Walaupun dinda bukan orang yang pertama mengisi hati kanda, mungkinkah kanda akan kecewakan dinda suatu hari nanti?" ungkap Dura.

Asfar tersentak bila teringat semula pertanyaan itu, iaitu 36 tahun yang lalu. Jantungnya berdegup pantas. Kesedihan Asfar memuncak. Air matanya berteman di kelopak mata.

"Dura sayangku, kanda menghampirimu dengan rasa pedih. Kanda sangat berdosa dan rasa bersalah. Semua ini cukup buat hidup ini derita." Asfar berkata lagi.

Kemanisan masa lalu meneroka hati Asfar dan Asfar ingin kutip cinta itu agar kembali bersemi. Kasih Asfar, cinta Asfar yang diucapkan bukan buat terakhir. Kasih Asfar, cinta Asfar akan diucapkan dan dibisikkan setiap saat dan masa.

Walaupun kasih dan cinta itu terhalang di persimpangan usia senja namun Asfar impikan senda gurau Dura. Asfar mencari-cari Dura dalam setiap sudut di penjuru hatinya.

"Ya Allah, anugerahkan keajaiban. Hamba-Mu sudah tidak terdaya lagi..." doa Asfar dengan hibanya. Esakannya mendesak mencari arah.

"Kanda tahu kau terluka, malah kanda juga terluka. Kanda rindu pada dinda. Pulanglah kepadaku, sayangku! Air mata Asfar sudah mula mengganggu pandangannya.

"Ya Allah, kurniakanlah aku rahmat-Mu, hamba-Mu menagih simpati-Mu. Hadiahkan kasih-Mu kepadaku. Sebenarnya aku amat mencintai isteriku. Hadirkanlah rindu kepadanya," pinta Asfar.

Asfar mengerti bahawa dia harus terus tawakal dan yakin, di sebalik musibah ini mesti ada tersembunyi sesuatu yang tidak mampu diungkap. Asfar yakin tiada yang berakhir dengan perkara yang menyedihkan sekiranya terus tetap berdoa. Orang yang kuat dan sabar adalah orang yang mampu menyembunyikan perasaan sedihnya. Namun kali ini Asfar mengaku tidak mampu melakukan itu.

Kasihnya, sayangnya dan cintanya tergugat setelah menerima berita daripada Umar.

"Maafkan kanda wahai bidadariku, maafkan kanda wahai dindaku," kata Asfar dalam sebak.

Walaupun Asfar mengerti bahawa tawakal itu adalah saat kita yakin bahawa hanya Allah tempat meminta pertolongan. Satu-saat itu kemurungan membenamkan perasaannya.

Benteng kekuatan keimanannya dirasuk oleh perasaan bersalah. Dan Asfar mengerti bahawa Allah SWT tidak membebani seseorang melainkan sesuai dengan kesanggupannya. Dan bukan mudah harus pasrah atas segala ketentuan.

'Berdirinya kanda di sini adalah sebagai perindu, takdir telah memisahkan kita kerana kesilapan masa laluku,' bisik Asfar dalam hatinya. Sebaknya memuncak.

Sebelum sempat Asfar meneruskan katanya, air mata yang berteman di kelopak matanya dibiarkan mengalir. Mahu rasanya menggapai tangan Dura dan mencium atau menggenggam jari-jemari Dura dengan erat.

Perubahan sikap dirinya yang melulu mengurung diri membuat orang yang dipanggil sayang terluka. Luka tiu dibiarkan berdarah. Dibiarkan luka itu terdampar di pinggiran.

Dura semakin terbiar di pelantaran, hanya menanti bulan berbicara dengannya tetapi amat mustahil mendengar suaranya. Di dalam sendu yang terdesak, Asfar melayarkan harapan agar Dura tetap mampu menerima hakikatnya.

"Sayangku, pulanglah bersama cintamu," bisik Asfar lagi.

Semua kenangan yang dilalui membawanya berdesir bersama angin membawa Dura kembali di ruang benaknya. Otak Asfar bekerja keras mencari momen-momen indah bersama Dura yang membuat Asfar boleh tersenyum walaupun seketika.

Bersaksikan cinta di atas cinta Ilahi, dalam zikir bertasbih, Asfar berdoa dan memanggil nama Dura berulang-ulang kali. Nama itu terukir dan tertulis dalam sejadah cinta.

Ungkapan demi ungkapan dilafazkan dalam hatinya dengan air mata yang terus mengalir. Hari ini Asfar merasa kepuasan dapat bersama Dura.

"Tolong jangan bawa lari cinta dan sayang dariku!" teriak Asfar berulang kali.

"Biarlah rasa kesal dan berdosa ini menghukum kanda namun simpanlah cintamu untukku. Walaupun kau harus simpan parah dan luka bersama cintaku," pohon Asfar.

Asfar terkaku dengan tubuh menggigil kedinginan di bawah sinaran lampu ruang yang terang. Tak sanggup dirinya menanggung semua ini. Perasaannya rapuh. Tiba-tiba esakannya berlagu. Asfar menutup wajahnya dengan kedua-dua belah tangannya. Aira yang sejak tadi memandang dari belakang melangkah dan memegang bahu Asfar. Asfar mengesat air matanya.

Aira rasa pilu melihat buat pertama kali ayahnya menitiskan air mata. Aira tidak mendapat menahan kesedihannya. Aira turut menangis.

Dia mahu menjenguk ke dalam hati Asfar yang pilu. Aira tahu Dura sering bertakhta dalam hati Asfar.

"Bangun bidadariku, bangkit sayangku. Jangan jadikan perbaringan ini sebagai pelarian untuk luka yang terjadi. Suamimu tetap mencintaimu hingga hujung nyawa. Ayuh, bangunlah. Kuatkan diri. Bangkitlah lagi jangan kau hilangkan dirimu. Kanda sanggup terima semua cemuhan daripadamu," bentak Asfar bertalu-talu.

Dilihatnya ada sebutir air mata berputik di celahan mata yang tertutup. Asfar bertambah pilu.

Benar sangkaannya, Dura mendengar. Dura tahu kehadirannya.

"Percayalah, hanya kekesalan yang beraja dalam hati ini. Kau tetap permataku. Aku berjanji setia padamu dan mahu menunggu kau di pintu syurga..." kata Asfar tersekat-sekat menahan sebak. Aira mendengar lagi esakan Asfar.

"Abah, cukuplah," pujuk Aira.

Dunianya sangat indah melewati hitam putih hidup ini bersama Dura. Kini Dura masih berehat dengan hati yang luka. Keletah Dura mengusik Asfar terngiang-ngiang dalam ingatan.

Dura berikan segalanya atas nama cinta. Dan diharapkan mekar bahagia hingga ke hujung usia. Cinta tidak kenal usia, cinta juga tidak pernah tua.

Namun sebagai insan yang harus menempuh ombak kehidupan, Asfar rupanya tidak mampu menidakkan ketentuan takdir Yang Esa.

Asfar tidak boleh membohongi dirinya. Asfar tidak mampu membohongi Aira lagi bahawa dirinya tidak gagah mengharungi kepiluan ini. Asfar tidak berdaya memikul kekosongan tanpa Dura. Asfar mengatur nafas.

"Abah, masa lawatan dah tamat. Kita balik," pujuk Aira sambil menarik nafasnya.

Aira tak sanggup melihat kesedihan Asfar berpanjangan. Asfar tidak menoleh pada suara itu. Asfar mendekati Dura sambil berbisik dekat di telinganya. Dura diibaratkan seperti nyawa seorang insan yang berada di antara hidup dan mati seperti tinggal di dalam benua yang terasing.

Asfar tunduk dan melangkah keluar meninggalkan wad Dura dengan ditemani Aira dari belakang. Asfar lelah dalam sepi, tiada siapa yang mengerti dirinya.

Bagi Asfar, air matanya sudah tidak boleh disimpan lagi. Laranya sudah tidak mampu disembunyikan lagi sekiranya dipaksa meneruskan kehidupan.

Selama hidupnya bersama Dura, dia tidak pernah kering dengan kasih sayang. Selalu segar dan mekar. Setiap hari setelah bangun dari tidur Asfar rasa seperti baru semalam melangkah alam perkahwinan. Hidup bersama Dura seperti ilusi dari lautan sepi yang menjadikan senja itu terlalu indah. Bersama detik-detik percintaan yang dilalui liku kehidupan yang tidak mudah terpadam dengan erti percintaan. Rindu yang terbangkit dari keresahan tetap memberi Asfar keyakinan bahawa Dura pasti kembali ke pangkuannya kerana Dura ialah bidadari syurganya yang sering mendengar teriakan hati Asfar yang memanggilnya, "Dura yang kusayang!"

Sepanjang perjalanan pulang dalam teksi, Asfar hanya diam membisu. Hanya mulut Asfar yang tidak berhenti terkumat-kamit. Aira pasti Asfar sedang berdoa. Berdoa agar Dura cepat sembuh. Begitu juga doa Aira. Terdengar beberapa kali Asfar menarik nafas.

"Abah okey?" tanya Aira yang duduk di sebelahnya. Asfar hanya mengangguk. Aira membiarkan abahnya tenggelam dengan dunianya sendiri. Telefon Aira berbunyi. Aira melihat mesej daripada Sarah.

Aira kat mana sekarang? - Sarah
Perjalanan pulang ke rumah. - Aira
Abah you okey? - Sarah

Harap begitulah. - Aira
Mesti dia rasa sedih. - Sarah

Memang, susah nak gambarkan. - Aira
Okeylah. Take care, beb. – Sarah

Aira terus mematikan telefonnya. Aira memandang Asfar. Mata Asfar ditutup rapat. Mungkin terlalu penat berdiri dan menangis. Aira biarkan Asfar tenggelam dalam dunianya.

Aira berjanji tidak akan mendesak Asfar lagi. Aira berjanji akan menjaga seorang lelaki yang dipanggilnya abah itu. Aira memerhatikan Asfar yang memejamkan mata.

Aira sedar bahawa selama ini dia tidak pernah bersikap lemah lembut seperti yang Dura mahukan.

Aira sering bertegas. Aira terbayang wajah Dura. Aira menjeling wajah Asfar. Asfar dan Dura seperti sepasang burung yang selalu terbang bersama, terbang naik ke awan lalu menari dan menyanyi setiap hari. Mereka adalah pasangan yang senantiasa ceria meniti usia.

Bila teksi berhenti di lobi bloknya, Asfar melangkah keluar. Kemudian langkahnya terhenti di situ. Asfar memerhatikan blok di hadapannya.

"Kita singgah rumah Sumaya," kata Asfar. Tanpa membantah, Aira hanya mengikut langkah Asfar. Lagipun kelmarin ketika menerima berita kematian Nadir, Aira dan Asfar tidak berkesempatan datang melawat Sumaya. Segala urusan jenazah diuruskan oleh keluarga Nadir. Asfar berhenti di hadapan rumah Sumaya. Asfar memberi salam.

Sumaya menyambut salam. Suara Sumaya keluar dari dapur. Dani meluru ke pintu yang memang terbuka.

"Ibu, atuk datang!" jerit anak kecil itu memanggil ibunya keluar. Sumaya yang sedang membasuh pinggan terus meluru keluar. Sumaya terperanjat kerana selama tiga tahun tinggal di sini, inilah baru pertama kali Asfar berdiri di hadapan pintu rumahnya.

"Tak apa, tak payah buka pintu. Hanya singgah nak tanya.." kata Asfar selamba.

"Atuk…" panggil Dani meluru ke arah Asfar sambil menghulurkan tangan. Asfar menyambut salam Dani. Memang anak kecil ini amat sopan, sudah diajar menghormati orang tua.

"Masuklah dulu pak cik, Aira," pelawa Sumaya dengan besar hati.

"Tak payah. Pak cik nak tanya, Pak Cik Umar ada datang ke mari?" soal Asfar tanpa membuang masa. Aira hanya memerhatikan. Agak pelik. Tapi Aira hanya diam membisu.

"Ooo… Pak cik kenal dengan Pak Cik Umar?" tanya Sumaya ingin tahu selanjutnya.

"Kawan lama," kata Asfar.

"Pak cik tidak mendengar cerita tentang Pak Cik Umar?" soal Sumaya lagi. Sumaya tidak tahu bagaimana mahu menyampaikan berita sedih itu kepada Asfar.

"Tidak. Berita apa?" tanya Asfar.

"Pak Cik Umar." Sumaya sebak mahu teruskan kata-katanya. Sumaya memandang tepat ke wajah Asfar.

"Pak Cik Umar kenapa?" soal Asfar. Dadanya seperti berdebar untuk mendapat berita daripada Sumaya.

"Pak Cik Umar sudah meninggal dunia..." ungkap Sumaya dengan rasa sebak.

"Bila?" sampuk Asfar. Asfar seperti mahu jatuh ke lantai. Asfar benar-benar terperanjat.

"Dua hari lepas," kata Sumaya.

"Dua minggu lepas dia datang ke sini, kan?" soal Asfar seakan-akan tidak mahu percaya.

"Memang betul, dua hari kemudian Pak Cik Umar demam panas dan dimasukkan ke hospital," cerita Sumaya.

Aira hanya mendengar kerana selama ini dia pun tidak pernah dengar nama itu disebut. Sumaya memerhatikan wajah Asfar berkerut.

"Menurut ayah. Pak cik terkena jangkitan Covid 19… Memang Pak Cik Umar pun ada sakit jantung. Itu yang buat dia tidak kuat nak lawan…." sambung Sumaya sambil memegang kepala Dani yang berlegar berpusing di belakangnya.

"*Innalillahi wa inna ilaihi raji'un*," ucap Asfar dan sejenak dia termenung.

"Pak Cik Umar, baik orangnya. Dialah yang bantu arwah suami Maya cari kerja," terang Sumaya lagi.

"Terima kasih Maya, pak cik balik dulu...." kata Asfar dengan sebak.

Aira memberi senyuman kepada Sumaya dan Dani. Dani melambaikan tangannya. Aira mengikut langkah Asfar menuruni anak tangga menuju ke rumahnya di hadapan blok Sumaya.

Langkah kaki Asfar semakin lemah, dia tidak tahu bagaimana Umar boleh terkena jangkitan dan meninggalkannya dengan cepat. Adakah itu sudah takdir? Dia ditemukan dengan Umar seolah-olah Umar datang dalam hidupnya hanya untuk memberitahu kisah silamnya, kemudian dia hilang tidak kembali. Masih terngiang kata-kata Umar tempoh hari semasa bertemu.

"Untuk apa berdendam? Aku dah bilang Inara sudah lama meninggalkan dunia ini. Kau buat apa sekalipun malah kalau kau marah sangat mahu bunuh Samad, tapi Inara tidak akan hidup semula. Yang lebih baik kau maafkan kesilapan Samad dan kau sedekah al-Fatihah moga Inara ditempatkan dalam kalangan orang yang beriman," ulang Umar berkali-kali.

"Tapi kau tahu kan Inara cinta pertama aku?" Asfar mendadak memotong cakap-cakap Umar.

"Sudah As, lupakan siapa Inara dalam hidup kau. Lupakan masa silam. Kau pun sudah punya isteri dan anak. Kau jangan libatkan keluarga kau dengan masa silam kau. Itu tidak adil. Kau jangan turutkan sangat perasaan kau. Isteri kau berhak hidup bahagia. Kau jangan lukakan hati dia. Berdosa mengabaikan isteri hanya kerana kau dibayangi masa silam. Tak boleh!" kata Umar dengan lantang.

"Macam mana dengan anak aku? Kau boleh tolong aku, kan?" tanya Asfar.

"Untuk apa cari anak kau, As?" tanya Umar.

"Aku perlu bertanggungjawab kepada zuriat aku," kata Asfar dengan keluh-kesah.

Umar merenung wajah Asfar. Umar melihat rambut uban yang penuh di atas kepala Asfar. Wajah yang muncul dengan kerutan tidak sesegar dahulu. Begitu juga dirinya.

Walaupun takut menjadi tua namun mereka harus menjalani masa tua yang dimiliki oleh semua orang. Semua insan ingin panjang umur tapi enggan menjadi tua padahal menjadi tua banyak keistimewaannya.

"Dia anak aku, Umar." Sentap Asfar.

"As, kau dengar cakap aku. Kita dah umur 60-an, sekarang kita lebih memikirkan diri sendiri. Tiada orang yang memikirkan tentang kita, melainkan usia awal 20-an, tentunya anak itu akan mencuba mencari susur galur keturunannya. Sama juga dengan anak kau, dalam usia 40-an, aku tidak rasa anak kau fikir tentang siapakah dirinya, dia akan lebih memberi keutamaan kepada kehidupan dan keluarganya," terang Umar panjang lebar.

Asfar termenung lagi kemudian menarik nafas lagi. Semua datang mendadak. Dan semua keputusan juga harus diambil mendadak. Keputusan melupakan atau keputusan mencari jejak kasih yang tertinggal? Semua membuat Asfar merasa serba salah.

"Anak kau sekiranya masih hidup mungkin sudah punya keluarga sendiri. Sekiranya kau bertemu semula dengannya, apa yang ingin kau katakan?" tanya Umar. Asfar terdiam.

"Tidakkah kau terfikir dengan munculnya kau akan mengubah sesuatu? Sedangkan kau sendiri tidak tahu di mana puncanya. Kau akan membuat keadaan lebih rumit. Perlukah kau lakukan itu, As?" tanya Umar lagi.

Mata Asfar terkebil -kebil.

"Lupakan sahaja. Ingatlah dengan perancangan Allah. Minta ampun semoga masa silam membawa kita lebih dekatkan berada di sisi-Nya," nasihat Umar sebelum pergi.

"Kau harus terima apa yang terjadi dengan hati terbuka. Itu adalah qadak dan qadar." Umar merenung mata Asfar.

Teringatkan perbualan itu, membuat langkah Asfar terhenti. Asfar memegang dadanya.

Nafasnya sesak.

"Abah, abah okey?" tanya Aira.

Asfar melangkah kembali dengan perlahan-lahan. Asfar kemudian terbatuk-batuk.

Asfar bayangkan pada saat akhir pertemuannya dengan Umar. Umar yang seakan-akan tahu akan pergi selama-lamanya itu sempat memeluknya dengan erat. Umar memang benar-benar ikhlas dan baik hati. Nasihatnya sedikit sebanyak menyejukkan gundah lara Asfar.

Langkah Asfar kian perlahan menapak. Asfar seperti mengira langkah untuk sampai ke muka pintu rumahnya. Pulangnya membawa seribu satu tanda tanya. Sesampai di rumah, Asfar menuju ke sofa terus duduk. Asfar masih termengah-mengah. Aira bergegas ke dapur mengambil segelas air lalu diberikan kepada Asfar yang kepenatan.

Adakah sebaknya menjadi nikmat yang akan berhasil menyingkap dengan lebih banyak kesabaran dan tawakal serta mampu mengambil hikmah dari setiap kejadian yang sudah ditentukan takdir? Suatu saat, Asfar berharap agar mendapat hidayah ketika menghadapi ujian yang merisaukan dan mengganggu keimanan dengan buruk sangka.

Meskipun keimanannya memahami dan menyedari sepenuhnya bahawa dunia ini adalah tempat ujian dan dugaan serta tempat kenikmatan hanyalah di syurga kelak, namun dia masih insan yang sering lalai dan leka.

Asfar kemudian berzikir dalam hati. Suara kecilnya terus berzikir.

Hasbi Allah Wani'mal Wakil Wani'mal Maula Wani' mannasir

(Cukuplah Allah Bagiku, Sebaik baik Pelindung, Sebaik baik Penjaga, Sebaik baik penolong)

8

"Aku bingung..." keluh Aira.

Aira buang semua harapan bukan kerana sebuah rasa yakin dan keinginan tetapi Aira tidak mampu mempercayai hatinya sendiri.

Aira tidak mahu mencari sesuatu yang telah berlalu. Aira tidak mahu menaruh harapan pada cinta yang telah ditinggalkan. Aira tidak mahu mendengar apa-apa penjelasan. Baginya semua sudah tiada pengertian. Pengharapannya hanya untuk Dura dan Asfar. Dengan cara itulah hatinya senantiasa merasa tenang.

"Kenapa?" Sentap Sarah.

Sarah melihat wajah Aira.

"Entahlah!" sela Aira.

"Kenapa entah?" cakap Sarah. "Aku harap kau tak terus kunci hati kau," nasihat Sarah.

"Entah, tak tahu..." jawab Aira.

"Peliklah! Setahu aku, kau bukan manusia seperti itu. Aku kenal kau. Perangai kau selalunya sudah ada jawapan sama ada *yes or no*," terang Sarah.

Kalau Aira memberikan jawapan yang tidak pasti seperti itu maka Sarah tahu bahawa Aira memang tidak pasti apa yang harus dilakukan. Ertinya Aira masih menyimpan seribu harapan.

"Lelaki semua sama. Kenapa mereka harus melangkah dan bila gagal baru nak patah balik? Tidak semua ruang boleh mengisi penyesalan mereka..." Terasa sebak dalam hati Aira.

Sarah memerhatikan wajah Aira di *screen laptop* miliknya. Mereka bersembang sebelum masuk ke alam Zoom secara rasmi bersama rakan-rakan sepejabat yang lain.

"Haruskah ada peluang kedua untuk orang-orang seperti ini?" soal Aira.

"Ai, kalau semua orang dalam dunia macam kau tidak mahu memberi peluang kepada orang lain, huru-hara dunia ini. Kau sedar tak?" kata Sarah diikuti dengan ketawa kecil.

"Sekiranya Zaful datang semula jumpa kau minta maaf, sanggupkah kau beri dia peluang kedua, setelah dia cukup-cukup buat kau merana?" soal Aira.

Pertanyaan itu membuat wajah Sarah serta-merta berubah. Pertanyaan itu menyentap jiwanya yang sudah lama terkubur. Sarah tidak pernah terfikir akan hal itu.

Memang jodoh mereka hanya setakat itu. Sarah tidak mahu berpatah balik. Itu mustahil!

"Aira, jangan samakan perjalanan hidup aku dengan kau. Bezanya Zaful dengan Bilal terlalu ketara. Zaful punya banyak alasan untuk buat pilihan tapi Bilal hanya pilih kau," kata Sarah.

"Tapi Sarah..." pintas Aira. Sarah menarik nafas melihat wajah sahabatnya yang berkerut.

"Bilal tidak mahu melukakan hati ibunya," sela Sarah.

"Habis hatiku macam mana? Senang aje diinjak-injak kemudian dibuang begitu saja," marah Aira meledak. Aira menggenggam tangan. Terbeliak mata Sarah melihat kemarahan Aira. Sarah menongak dahunya.

"Aku juga seorang ibu. Mungkin aku juga melakukan kesilapan yang sama seperti ibu Bilal. Sebagai seorang ibu, aku mahu tentukan semua hal untuk satu-satunya anak aku. Sebabnya aku rasa takut kehilangan kasih sayang anak aku. Ini naluri seorang ibu. Ini fitrah manusia," kata Sarah.

"Hatiku benar-benar sakit, Bilal tidak mempertahankan hubungan antara dia dengan aku," kata Aira sambil mendengus.

"Izinkan Bilal betulkan keadaan," nasihat Sarah.

"Sarah," sebak Aira.

"Aku tahu betapa lukanya hati kau. Jangan berpanjangan menaruh dendam. Jangan dibiarkan luka kau dalam dilema," nasihat Sarah lagi.

Aira terus membisu menatap wajah Sarah. Sarah memerhatikan resah Aira yang terpancar di wajahnya. Betapa sukarnya Aira melupakan Bilal ketika itu. Betapa pahitnya kenyataan yang harus diterima. Sarah tahu semua itu. Mereka bertiga dari kolej yang sama sebelum menjejak kaki ke universiti.

Sarah dan Aira memilih jurusan yang sama iaitu *IT Digital Analytic* sedangkan Bilal dalam jurusan perubatan. Aira dan Sarah belajar di universiti yang sama selama 4 tahun. Sehingga mereka tamat pengajian dan sehingga mereka berdua mendapat kerja di syarikat yang sama.

Memang mereka terlalu rapat. Sarah dan Aira mempunyai latar belakang yang sama. Mereka anak tunggal dalam keluarga. Sedikit sebanyak mereka mengetahui bagaimana perasaan menjadi seorang anak tunggal. Walaupun kadangkala terdapat perbezaan pendapat, Sarah sering mengalah. Sikap Aira keras kepala dan sukar dibantah memang mencabar Sarah. Namun demi ikatan persahabatan, Sarah sering memberi ruang.

Sikap Sarah itu mengajar Aira dan menyedari sikapnya yang mementingkan diri sendiri. Dan selalunya Aira akan menghampiri Sarah dengan kata maaf. Sikap Sarah yang mudah melupakan selalu memberi ruang kepada Aira membetulkan atau mempelajari sesuatu dan mencipta keselesaan dalam persahabatan. Kerana itu semasa awal proses penceraian Sarah dan suaminya, Aira sering berada di sisi Sarah. Memulihkan semangat Sarah untuk bangun berjuang menempuh landasan yang sukar. Dan Aira yang bergilir gilir dan membantu menjaga Aniq.

Setiap masa dan detik bila Sarah membuka mata, orang pertama yang dilihatnya adalah Aira yang setia menemaninya. Mereka menangis dan ketawa bersama.

"Buat masa ini aku mahu tumpukan perhatian kepada umi dan abah aku dulu.

Aku kusut bila memikirkan soal umi juga soal abah. Dan aku tak mampu fikir yang lain..." kata Aira setelah lama termenung dan berdiam diri. Sarah hanya menganggukkan kepalanya.

Sarah setuju dengan alasan Aira. Aira memang memerlukan banyak ruang memandangkan uminya masih koma terlantar di rumah sakit. Aira perlu mengumpulkan banyak kekuatan menghadapi dugaan ini.

Apabila waktu bekerja sudah bermula, Aira dan Sarah sudah berada di layar Zoom untuk memulakan perbincangan projeknya bersama teman pejabatnya yang lain. Hampir sejam perbincangan namun tiada kata putus untuk menetapkan kepastian sama ada projek Rubana Resources diteruskan atau tidak.

Aira dan Sarah merasa amat letih kerana pihak pelabur masih sangsi keupayaan pemerintah melakar dasar-dasar pinjamin kepada pelabur asing. Setelah penat memerah otak untuk mendapat projek yang bernilai berjuta-juta, akhirnya mereka beredar dari layar Zoom.

Aira *offline* pukul 5.30 petang. Aira berdiri menggeliat membetulkan badannya yang lenguh duduk berjam-jam di atas kerusi dan pandangan matanya seperti berpinar-pinar kerana berjam-jam melihat skrin komputer. Aira membuka pintu bilik, melangkah menuju ke dapur untuk mengambil air. Namun langkahnya terhenti bila dilihatnya Asfar dari tadi terbaring di atas sofa.

Lalu Aira menuju ke ruang tamu. Aira memegang dahi Asfar kemudian dia bergegas ke dapur mengambil Panadol. Aira memanggil abahnya.

Asfar perlahan-lahan membuka mata dengan pandangan yang kabur. Suara itu seperti jauh saja dari di lubang telinganya. Asfar duduk dan melihat anaknya Aira yang berdiri di hadapannya.

Aira menghulurkan Panadol ke arahnya. Tanpa banyak persoalan, Asfar lalu mengambilnya dan ditelan dengan minum segelas air. Aira hairan sejak kebelakangan ini Asfar sering demam panas. Demam panasnya *on* dan *off*.

"Abah, Ai bawa pergi klinik, badan abah panas," kata Aira.

"Tak payah, abah penat aja," ungkap Asfar.

"Kalau gitu abah tidur dulu, sekiranya tidak ada perubahan abah mesti pergi jumpa doktor," kata Aira dengan tegas.

Asfar hanya menganggguk lalu baring di atas sofa lagi. Tubuh Asfar terasa lemah dan tidak berdaya. Mungkin semenjak pulang dari melawat Dura, fikirannya banyak diganggu dengan mimpi buruk diikuti dengan berita pemergian Umar.

Kini semua kemahuan bertemu jalan yang buntu, kemahuan itu berada di pelantar yang tidak punya arah. Sedang matanya mahu melabuhkan tirai, Aira datang lagi berdiri di hadapannya dengan semangkuk bubur ayam.

"Abah makan dulu," tegur Aira sambil meletakkan mangkuk itu di atas meja.

"Abah nak Ai suapkan," pelawa Aira.

"Ah, tak usah. Abah boleh makan sendiri, letak aja," kata Asfar.

"Janji? Mesti habiskan," kata Aira.

"Okeyyy..." kata Asfar sambil menarik nafas.

"Aira.." panggil Asfar. Aira memandang ke wajah Asfar.

"Terima kasih masakkan abah bubur," kata Asfar. Aira tersentap dengan rasa pilu. Penghargaan daripada abahnya yang tidak pernah diterima sebelum ini.

"Sama-sama, abah makanlah," ungkap Aira sambil melangkah.

Sedetik, Asfar teringat Dura yang senantiasa menjaganya sekiranya dia demam atau jika darah tingginya naik dengan tiba-tiba. Dura tidak jemu-jemu memeriksa suhu badannya.

Kadangkala kalau demam ya terlalu tinggi, Asfar merasa mabuk dan segala benda yang dipandangnya menjadi samar-samar. Dura akan berada di sampingnya sepanjang masa.

Sebelum Aira melangkah masuk ke biliknya dengan menyambung tugas-tugas pejabatnya, Aira sempat mengintai Asfar di balik pintu kamar. Sekembali dari melihat Dura, Asfar tidak menunjukkan keras kepalanya atau meninggi suara. Asfar lebih kelihatan tenang dan mengikut sahaja apa yang Aira katakan. Aira kembali semula ke meja kerjanya untuk menyiapkan laporan.

Asfar perlahan menyudu bubur yang dimasak Aira. Walaupun tekaknya terasa perit, Asfar cuba juga untuk makan. Namun ternyata selera makannya semakin menghilang.

Asfar harus makan untuk mendapatkan tenaga kembali. Asfar harus kuat untuk Dura, ya untuk Dura. Kuat untuk menunggu kepulangan Dura ke dalam pangkuannya. Setiap suapan ke mulut diikuti dengan air mata yang menitis di pipinya.

Dia berfikir panjang semalaman. Sepanjang malam Asfar duduk termenung merintih dalam doa dan berserah pada takdir. Akhirnya Asfar mengaku kalah dalam membela perasaan bersalahnya. Kemahuannya mendesak lalu dipenjarakan dalam sel-sel takdir yang telah ditentukan.

Asfar mahu berdamai dalam takdir. Bersangka baik kepada Allah SWT merupakan satu perintah yang wajib dipatuhi. Allah SWT telah menjelaskan di dalam al-Quran bahawa setiap perkara yang berlaku di dalam kehidupan merupakan ketentuan-Nya.

Manusia harus bersabar dengan ujian dan musibah yang dihadapi. Lantaran itu Asfar memperbanyakkan berdoa agar diberi kekuatan iman. Beriman dengan qadak dan qadar merupakan usul bagi kesempurnaan iman.

Bolehkah kita salahkan takdir dengan apa yang telah berlaku dalam hidup kita sebelum ini?

Pernahkah takdir hidup yang kita hadapi ini salah? Allah telah aturkan perjalanan hidup seorang manusia sebaiknya.

Memang benar kata Umar. Tiada gunanya mencari yang tidak pasti. Apa yang harus dilakukan adalah mengusung harapan menanti kepulangan bidadarinya. Asfar sudah mahu berhenti menyakiti hati Dura. Asfar mahu merebut kesempatan yang bakal datang hanya untuk Dura dan dirinya. Cukup selama dirinya dibebankan dengan himpitan perasaan yang bersalah. Asfar bertekad mengakhiri perasaan kesal dan bersalah itu.

Asfar mahu bangun membunuh rasa itu. Asfar hanya mahu simpan semuanya hingga putus nyawa. Biar ia menjadi rahsia hidupnya. Meratapi masa lalu tidak dapat mengubah kejadian dan hal-hal yang telah berlaku walaupun tindakan diambil untuk membetulkannya. Kita hanya boleh mengetahui masa lalu tetapi tidak cukup kuat untuk mengubahnya.

Biarlah kisah silam itu menjadi rahsia hidupnya. Asfar tidak mahu melukai hati Dura.

Bagi Asfar, Dura adalah segala segalanya. Setiap kali nafas dihembus dan setiap kali jantungnya berdenyut, dia hanya memikirkan Dura. Asfar mahu menangis kerana perasaan bersalah itu telah berakhir dan Asfar mahu mula tersenyum menyambut cinta Dura.

Kemarahan dan dendam Asfar terhadap Abu Samad dipengaruhi oleh emosi. Walaupun marah dan dendam pada mulanya dirasakan wajar tetapi Asfar tahu permusuhan dan dendam itu tiada penghujungnya.

Asfar perbanyakkan mengucap kalimah istighfar supaya dapat menenangkan jiwa dan raganya. Semua dia lakukan hanya untuk Dura. Asfar rasa bahagia hidup ini kerana adanya Dura. Asfar menelan bubur. Perlahan-lahan masuk menerusi tekaknya. Kemudian Asfar meneguk air. Seperti Asfar menelan nama Inara. Inara gadis pertama yang dicintai. Inara yang membuai perasaan rindunya. Inara yang putih mulus dan sering menguntum senyuman dengan rambut yang ikal mayang. Inara ialah teman sekelasnya. Mereka berdua adalah pasukan polis kadet di sekolah. Jadi banyak alasan untuk bertemu selepas sekolah. Mereka punya banyak alasan untuk pulang lewat dari sekolah. Semua pelajar tahu mereka seperti Laila dan Majnun, juga seperti Romeo dan Juliet. Perhubungan intim mereka tiada siapa yang dapat menghidunya. Asfar bijak memyembunyikan perhubungan cintanya dengan Inara.

Asfar terbayang cumbuan mesra dan dakapan manja Inara saat alunan bayu berdesir di telinga. Apabila terbayang masa silam bersama Inara, Asfar merasa malu pada dirinya sendiri. Asfar merasa takut akan kemurkaan Allah Yang Esa. Asfar mengangkat tangan dan berdoa agar roh Inara ditempatkan dalam kalangan hamba-Nya yang beriman. Walaupun pada mulanya Asfar mahu menuntut bela kematian Inara, tetapi Asfar sedar bahawa Inara tidak akan kembali ke dunia ini. Inara tidak akan hidup kembali. Asfar sedar dan insaf.

Pada mulanya Asfar sering mempersoalkan mengapakah takdir menemukannya dengan Umar?

Sedangkan Umar yang dianggap sebagai petunjuk menyelesaikan persoalan hidupnya yang bersimpang siur. Tetapi sebaliknya Umar hanya singgah dalam hidupnya dengan bingkasan dan setelah itu pergi tidak kembali lagi. Kenyataannya amat perit diterima.

Asfar teringat kata-kata Umar.

"Seandainya berita yang aku sampaikan adalah berita yang paling sedih dalam hidup kau, ingatlah... Kau jangan rasa bersalah, kau jangan menghukum diri kau. Tapi ingatlah itu adalah ketentuan daripada Yang Esa," kata Umar. Umar melihat kegelisahan Asfar.

Asfar masih berdiam diri sambil menggeleng-gelengkan kepala.

"Perasaan bersalah itu pasti sembuh sekiranya kau belajar melupakan, jangan pernah terfikir untuk mengurus sesuatu yang tidak pasti sedangkan kau perlu menjaga hati isteri kau," nasihat Umar.

"Kau tidak faham, Umar," pintas Asfar.

"Jangan pernah ragu dengan ketentuan dari Ilahi, jika kamu mahu menikmati rahmat daripada Esa kau harus meninggalkan apa yang memberatkan perasaanmu," kata Umar lagi.

Asfar kembali mendongak melirik ke dalam muka Umar yang sudah tua seperti dirinya.

Dunia berputar dengan adanya keindahan kata makna syukur dan cinta. Apa jua Allah berikan adalah rahmat yang semua insan dapat merasainya.

Adakalanya kenangan mengandungi trauma yang tidak diinginkan lalu mengusung rasa sedih yang berpanjangan hingga membuat orang-orang tersayang dijauhi.

Asfar meletakkan sudu di bibir mangkuk bubur. Asfar bersandar lagi. Nafasnya turun naik. Nasib baiklah Aira bekerja dari rumah, sekurang-kurangnya dapat menemani Asfar. Kalau tidak, sukar dibayangkan keadaannya. Asfar mencapai air di atas meja. Tekaknya terasa perit. Perlahan-lahan air diminum. Matanya merah dan pandangan seakan-akan kabur ditutupi air mata yang menemani sejak kebelakangan ini. Jantungnya pantas berdegup. Asfar terbatuk kecil. Mendengar batuk Asfar membuat Aira keluar dari biliknya.

"Abah... Abah..." panggil Ayra.

Asfar menoleh. Aira memegang dahi abahnya. Aira menjadi cemas. Dilihatnya bubur yang dimasak hanya sedikit dijamah. Aira meminta agar Asfar pergi ke klinik yang berhampiran kawasan rumahnya. Aira bergegas menukar pakaian dan langsung keluar.

Setelah menjalani pemeriksaan, doktor menasihati agar Asfar dibawa ke hospital bagi pemeriksaan lanjut memandangkan demam panasnya datang berulang. Lagipun Asfar tekanan darah tinggi berada di tahap yang membimbangkan. Walaupun Asfar tidak menunjukkan tanda-tanda awal jangkitan Covid 19, tetapi doktor minta Aira agar membuat pemeriksaan yang rapi terhadap ayahnya. Ketika Aira berbincang dengan doktor, Asfar tidak membantah langsung malah dia mengikut apa saja yang dikatakan Aira.

Kalau tidak marahnya melulu, sikap diam membisunya amat mengecewakan Dura yang ketika itu lelah menghadapinya. Ketika Asfar mendiamkan diri sebenarnya dia telah menghancurkan jiwa Dura. Perubahan itu membuat Aira tersentuh. Aira merasa sedih. Manusia boleh berubah dengan sekelip mata. Itu hidayah daripada Yang Esa. Perangai Asfar berubah 360 darjah. Kalau tidak, ada sahaja yang mahu dibantah walaupun perkara yang dilakukan itu adalah demi kebaikannya.

Mungkin Asfar sedar, tiada gunanya dia membantah-bantah untuk kebaikan.

9

Asfar disahkan dijangkiti Covid 19 dan dimasukkan ke wad rumah sakit. Pihak berkuasa menjalankan penyiasatan punca jangkitan. Pemeriksaan diteruskan mencari kontak rapat iaitu orang yang pernah berjumpa dengan Asfar. Ke mana Asfar pergi dan di mana Asfar berjumpa seseorang, semuanya ditanya dengan penuh teliti.

Asfar dilihat seperti letih menghadap pelbagai pertanyaan. Jawapannya adalah sama bahawa dia tidak ke mana-mana sepanjang perintah pemutus jangkitan diumumkan.

Asfar langsung tidak ingat apa-apa. Setahunya, dua minggu sebelum perintah dikeluarkan Asfar sudah diberhentikan kerja. Setelah itu apabila perintah kawalan diumumkan, dia hanya berada di rumah bersama Dura. Dua minggu perintah berjalan, Dura dimasukkan ke hospital akibat terjatuh di bilik air. Kemudian seminggu lalu Asfar keluar hanya untuk melawat Dura. Itu sahaja yang Asfar ingat.

Itu sahaja keterangan yang diberikan secara berulang-ulang. Apabila pegawai kesihatan dan doktor datang berjumpanya, mereka akan bertanya dan bertanya lagi. Aira juga menjadi pelik dan kehairanan kerana Asfar tidak menunjukkan tanda-tanda awal jangkitan. Asfar tidak mengalami selesema atau sakit tekak. Hal ini menimbulkan pertanyaan dan kekhuatiran.

Aira sedar, semenjak pulang dari rumah sakit selepas melawat Dura, ternyata setiap hari Asfar lebih banyak termenung di atas sofa seolah-olah menantikan seseorang. Tidak seperti kebiasaannya, Asfar tidak pernah melepaskan setiap masa yang terluang. Asfar akan terus bertadarus, setelah tamat satu juz, dia akan beralih ke juz yang seterusnya sehingga kepenatan. Kemudian Asfar akan masuk ke bilik untuk tidur dan bangun semula menyambung lagi bacaannya.

Aira tahu dengan cara itulah Asfar melepaskan diri dari belenggu masalah yang sedang dihadapi.

Asfar sering berkata bahawa tidurnya banyak diganggu mimpi dan sukar untuknya melelapkan mata. Aira faham perasaan abahnya. Sekiranya dia melihat Asfar duduk di atas sofa sendirian, Aira akan cuba menemaninya. Aira tidak mahu tinggalkan Asfar sendirian melayan perasaannya. Sepanjang ketiadaan Dura, Asfar tidak berkongsi apa-apa dengan Aira. Pernah suatu ketika Aira ingin bertanya siapakah Umar yang dicari. Semenjak pulang dari rumah Sumaya, keadaan Asfar bertambah parah.

Asfar kelihatan terlalu sedih. Tetapi melihatkan keadaan Asfar yang terlalu sedih, Aira lupakan sahaja. Aira tidak mahu mengganggu perasaan Asfar. Aira masih ingat selepas pulang dari rumah Sumaya, Asfar terus mengurung diri di dalam bilik. Beberapa kali Aira mengetuk pintu dan apabila ditanya, Asfar hanya mengatakan dia terlalu penat.

Aira berusaha mencari jawapan. Setahunya, abahnya itu bukan jenis yang suka bersembang atau lepak di kedai kopi, dua puluh empat jam Asfar selalu bersama Dura di rumah.

Semasa pemutus rangkaian jangkitan, masa Asfar dihabiskan dengan mendengar syarahan di YouTube. Aira sedaya upaya berfikir dan mencari jawapan, mungkinkah abahnya pernah keluar tanpa pengetahuannya?

Tapi siapa yang ditemui dan di mana? Agak mustahil kalau abahnya bersembang dengan sesiapa kerana semua kedai kopi sudah ditutup.

Penat Aira memerah otak. Pihak hospital dan pegawai kesihatan dari Kementerian Kesihatan mengajukan banyak pertanyaan sedang jawapan Aira menyatakan bahawa Asfar tidak keluar rumah sepanjang tempoh pemutus rangkaian jangkitan.

Betapa pilunya dia waktu mendengar Asfar dijangkiti Covid 19. Sukar untuk Aira menerima berita itu.

Dura masih koma tidak sedarkan diri di rumah sakit. Dan kini Asfar juga dimasukkan ke rumah sakit kerana jangkitan Covid 19.

Terlalu berat beban yang harus dipikul. Dia seperti sudah jatuh ditimpa tangga. Namun Aira sering mengingati pesanan Asfar yang sering diulang-ulang. Harus berdamai dengan takdir.

Pilu Aira memuncak. Aira seakan-akan mahu menjerit sekuat-kuat hatinya. Lebih-lebih lagi apabila melihat abahnya dibawa terus ke bilik khas. Aira sempat melihat wajahnya yang sayu.

Air matanya bertaburan di pipi. Dia tidak dapat menahan sebak. Mereka berpisah di situ.

"Aira, kalau jumpa umi, kirim salam abah pada umi, ya?" pesan Asfar.

"Insya-Allah," ungkap Aira dalam keadaan sebak.

Setelah itu Asfar terus dibawa pergi. Aira hanya memandang abahnya dengan penuh kesedihan. Dan Aira harus menjalani kuarantin di rumah selama 14 hari. Dan dari pemeriksaan *swab*, dia disahkan negatif. Selama tempoh *Stay Home Notice*, Aira tidak dibenarkan keluar dari rumah apatah lagi ke mana-mana. Aira dikenakan perintah kurung di rumah. Hati Aira hanya ditemani dengan kekosongan. Aira rindu pada Dura. Aira rindu melihat keluarganya bersatu lagi. Itulah momen indah yang melekat di benaknya.

Gurau senda dan sakat-menyakat umi dan abahnya menjadi suara-suara yang mengisi kekosongan di rumahnya. Kini suara-suara itu hilang, tidak kedengaran lagi.

Aira harus tabah menghadapi semua dugaan hidup ini. Rindunya pada umi dan abahnya senantiasa berbunga dalam hatinya. Aira cuma berharap agar Asfar kuatkan semangat melawan musibah ini. Ditambah dengan keadaan usia Asfar yang sudah lanjut dan rekod kesihatannya yang tidak begitu baik menyebabkan perasaan cemas Aira bercampur baur.

Doktor yang menjaga abahnya memberitahu Asfar masih dalam keadaan yang stabil.

Asfar masih boleh bercakap dan bercerita bila ada *team* doktor yang datang dan bertanya tentang dirinya. Aira sering *video call* abahnya. Walaupun kadangkala dalam perbualan Asfar cuba menyembunyikan rasa sebaknya namun Aira dapat merasakan kesedihan dalam hatinya.

"Abah mesti kuat, kuat untuk umi. Aira mahu abah sembuh." Begitu kata-kata perangsang Aira.

Asfar memandang anaknya dengan pandangan sayu. Aira mengharapkan Asfar akan berkata atau berpesan sesuatu. Namun sebaliknya Asfar hanya tersenyum, memberikan senyuman yang menyimpan seribu rahsia. Kemudian Asfar terbatuk-batuk kecil. Setelah beberapa hari di dalam wad, doktor yang merawat Asfar menyatakan Asfar kian membisu. Asfar hanya memandang sekeliling dengan pandangan yang kosong. Saat di wad inilah yang benar-benar membuat Asfar rindu pada Dura, rindu pada Aira. Saat itulah Asfar merasa seperti kehilangan.

Dan perasaannya terasa sangat dekat dengan Allah. Walaupun dalam keadaan sakit, Asfar sering mengaji dan masih dapat bersolat.

Doanya tidak putus-putus mengharapkan dirinya dan Dura akan sembuh. Dalam tempoh itu, Asfar juga banyak bermuhasabah memikirkan kembali apa yang telah dilalui dan kenapa ujian ini diberikan Allah kepadanya. Asfar anggap apa yang berlaku ini sebagai peringatan daripada Allah untuk dirinya kembali kepada-Nya. Selain terus berdoa dan solat, Asfar juga mengamalkan penjagaan kesihatan dengan bersenam.

Di samping itu Asfar menjalani pemeriksaan rutin cek suhu badan dan tekanan darah. Dengar sabar dia menunggu keputusan laporan daripada doktor. Cuma Asfar bimbang keadaan Aira yang turut ditahan di rumah. Asfar tahu Aira tentu sedih kerana tidak dapat melawat uminya di hospital.

Tetapi Asfar bersyukur kerana Aira negatif Covid 19. Kes semakin hari semakin meningkat. Peratusan penggunaan katil untuk pesakit Covid 19 juga bertambah.

Semua hospital utama juga semakin penuh kapasiti penggunaannya. Kementerian mengklasifikasikan kes-kes Covid-19 kepada beberapa kategori. Antaranya, yang paling parah ialah pesakit yang mempunyai sejarah kesihatan yang tidak baik.

Hingga waktu ini angka kematian semakin meningkat. Pesakit Covid 19 mencatitkan keadaan yang genting sejak wabak itu melanda. Asfar juga merenung ke dalam dirinya. Rindunya selalu membasahi ruang matanya. Kadangkala Asfar melayari foto di galeri telefon yang masih tersimpan.

Asfar akan tersemyum melihat wajah-wajah itu dan ada masanya Asfar akan menangis sendirian. Dengan mengingati hal-hal yang indah dalam hidupnya sebelum ini, Asfar merasa amat damai. Dalam kesepian yang menerkam, Asfar tidak mahu melepaskan peluang berbicara dengan dirinya sendiri.

'Dura oh Dura!' teriak hati Asfar. Asfar tersengih. Wajah Dura membantu membuat Asfar tenang seketika. Dalam ruang yang sempit menghadirkan rasa sayang dan cinta Dura. Asfar berdoa agar masa menjanjikan takdir yang menyebelahi diri sebagai seorang perindu. Rentak dan melodi rindu pada Dura bukan nota pada sekeping kertas. Rentak dan melodi sayang Asfar senantiasa bergema dalam sebuah irama bunuh kesepian dan kekosongan!

Walaupun baru lima hari menjalani arahan *Stay Home Notice*, rasanya amat memenatkan.

Perasaan cemas berbaur risau senantiasa menyelinap dalam fikirannya. Topik perbualan hanya mengenai Covid 19 di mana-mana dan di media sosial. Aira hanya menghabiskan masa di rumah dengan menonton TV dan *video call* bersama Sarah. Namun Aira tidak mahu mengganggu Sarah yang harus bekerja dan menjaga anaknya.

Aira tidak boleh berjumpa dengan sesiapa sehingga 14 hari tamat tempoh larangan. Semua kegiatan terbatas.

Uminya di rumah sakit Hospital Parkway dan abahnya di rumah sakit Hospital Millinieum.

Dua tempat yang jauh di antara satu sama lain. Semenjak Asfar berada di wad hospital, Aira seperti tidak percaya bagaimana ujian ini boleh tertimpa ke atas keluarganya. Aira seperti hilang kata-kata. Aira banyak termenung. Dalam renungan itu, tiba-tiba wajah Bilal menyapanya. Beberapa hari yang lalu, Bilal berkesempatan melawat Asfar di wadnya.

Mungkin Bilal hadir pada masa yang tepat dan dalam keadaan yang betul. Aira mahu membiarkan kebetulan itu berlalu dan mengoyak lapisan yang tebal di dinding pintu hatinya.

Bilal menghantar makanan untuk Aira yang disangkut di luar pintu rumahnya.

Aira seakan-akan terusik dengan kedatangan Bilal. Bantuan Bilal pada saat semua timbunan dugaan berlaku menyentik hati nuraninya.

Pada hari itu Bilal membelikan bubur ayam bersama sayur kalian *oyster*. Dan lebih memeranjatkan lagi, di dalam bungkusan itu disertakan dengan sekuntum bunga mawar merah.

Perasaan Aira melambung dibuai ombak, Aira langsung mengambil foto dan kirimkan kepada Sarah. Sarah membalas dengan *emoji* tersenyum. Kemudian beberapa minit Sarah memilih menelefon Aira.

"*Ooo... So sweet, so ...*" sakat Sarah.

"*So*?" tanya Aira lagi.

"*So*... Apa lagi yang kau cuba fikirkan? Bilal sudah datang dalam hidup kau. Ibu Bilal pun dah meminta maaf, *so*..." kata Sarah.

"*So what, Sarah*?" soal Aira berpura-pura.

"*Please Ayra. Stop pretending*," tegas Sarah.

"Aku takut, Sarah," keluh Aira dengan wajah yang berkerut.

"*Stop it, Ai*. Cuma bayangan mimpi kau, jangan terus layan mimpi-mimpi yang buruk." Sentap Sarah.

"Aku perlukan masa," kata Aira.

"Aku kawan kau dah lama, sejak kita belajar di sekolah menengah kemudian kita sama pergi kolej. Kita sama-sama belajar di universiti. Aku kenal kau sangat. Bilal datang *the right time* untuk kau," kata Sarah dengan suara yang meninggi.

"Aku tahu..." Terdengar keluhan Aira di skrin *video call*.

"Tahu tapi belum cukup meyakinkan kau. Kau harus yakin bahawa Bilal tidak mahu pergi dari diri kau..." terang Sarah.

"Aku belum bersedia," pintas Aira Naina.

"Belum bersedia terima Bilal dalam hati kau, begitu?" soal Sarah.

"Memang," pintas Ayra.

"Jangan bohong, okey. Kau boleh menafikan tapi kau tidak boleh bohong hati kau sendiri," kata sinis Sarah menyengat perasaan Aira. Seolah-olah menyedarkan Aira agar bangun dari dilema dan mengaku dengan kebenarannya.

Mendengar kata-kata Sarah, Aira tersenyum. Senyuman itu bukan bererti dia gembira tapi membuat dia teringat permintaan Bilal. Aira masih termenung di situ dengan mata yang terkebil-kebil. Betul kata Sarah. Sepatutnya Aira tidak membiarkan diri dan hatinya dalam dilema luka lama. Padahal separuh hatinya masih bertaut pada memori kasih.

Seolah-olah dia tidak boleh *move on*. Dan kini saat kehilangan itu datang mengubah arah, dirinya masih memikirkan tentang umi dan abahnya.

Ikatan kasih sayang dan cinta antara Asfar dan Dura yang berlaku di hadapannya sedikit sebanyak menginsafi Aira bagaimana sukar Asfar menerima kekosongan yang ditinggalkan oleh Dura. Walhal Dura adalah segala-galanya. Dura ialah bulan, Dura ialah bintang yang menerangi kehidupan Asfar siang dan malam.

Sedang mereka berdua berbual, tiba-tiba ada panggilan yang masuk. Sarah melihat nama bos tertera.

"Okey Aira, si *kudut* ini *call. Will call you again later,*" kata Sarah dan terus *off.*

"*Bye*!" sahut Aira.

Dalam melayan rasa hati, tiba-tiba Aira terbayang Bilal. Tersentuh hati dengan apa yang terjadi kepada Bilal yang putus tunang dengan Natasha Husna. Natasha gadis gedik yang menjadi pilihan ibu Bilal. Aira tersengih. Di sudut bibir Bilal, Aira dapat merasa apa yang ingin Bilal sampaikan. Aira tidak mahu beri banyak kesempatan kepada Bilal namun tiada dendam yang tersimpan. Bilal mengerti perasaan Aira terlalu lelah mengharung hidup ketika ini dengan keadaan Dura sekarang. Bilal cuba mengerti kesedihan itu.

Bilal juga tahu bahawa Aira memerlukan banyak masa sebelum menerimanya kembali.

Bilal tahu kesilapannya. Perhubungan itu berakhir tanpa Bilal mempertahankannya. Bilal biarkan perhubungan itu berlalu dan berakhir begitu sahaja. Sedangkan sejak zaman sekolah, Bilal berusaha untuk memiliki Aira. Bilal cuba menghalang sesiapa sahaja yang cuba mendekati Aira Naina.

Namun Bilal terpaksa melupakan Aira demi menuruti kemahuan ibunya yang inginkan Natasha menjadi pasangan hidupnya. Memang agak aneh, sebagai seorang yang berpelajaran tinggi namun Bilal tidak mampu berdiri menegakkan kemahuannya sendiri.

Sewaktu Bilal baru berusia 14 tahun, kakaknya yang sulung berusia 15 tahun dan adik perempuannya yang bongsu berumur 10 tahun. Ibunya bertungkus lumus bekerja bagi menyekolahkan mereka bertiga. Jerih payah ibunya banyak membuka mata Bilal. Lebih-lebih lagi dia merupakan satu-satunya anak lelaki dalam keluarganya. Ibunya tidak pernah bekerja. Ibunya tidak pernah diberi pendedahan tentang perniagaan sehinggalah ayahnya meninggal dunia kerana serangan jantung, membuat ibunya bangkit mengambil alih tanggungjawab membesarkan anak-anaknya. Dari peristiwa itu, Bilal berazam mahu menjadi seorang doktor ketika belajar di kolej.

Bilal mahu menyelamatkan pesakit-pesakit seperti ayahnya. Bilal mahu mengetahui gejala penyakit agar ahli keluarga pesakit lebih bersedia sebelum ditinggalkan pergi selamanya. Jadi ahli keluarga tidak terumbang-ambing seperti keluarganya. Bilal tahu Aira mengalah pada tuntutan ibu Bilal. Bilal tahu bagaimana perasaan Aira.

Imbas Kembali...

Zulaikha memerhatikan dan merenung Aira yang duduk sopan di hadapannya.

Aira agak tersipu-sipu dengan renungan itu. Agak lama mereka bersembang.

Zulaikha banyak bertanya latar belakang keluarga Aira.

"Oh, umi Aira seorang guru dan abah anggota polis," sampuk Zulaikha. Aira hanya tersenyum manis. Aira sudah mahu mengeluarkan bungkusan dari dalam begnya. Bungkusan *brownie* yang dibuat semalam bersama ibunya. Menurut Bilal, *brownie* memang menjadi kesukaan ibunya. Aira membawanya sebagai buah tangan. Namun entah mengapa, Aira merasa berat untuk mengeluarkan bungkusan itu dari begnya. Disimpan sahaja dulu sementara menunggu saat yang terbaik untuk diberikan kepada Zulaikha.

"Sebenarnya *aunty* suruh Bilal jemput Aira ke sini, ada sesuatu yang Aira harus tahu," terang Zulaikha sambil memerhatikan riak wajah Aira. Aira makin tidak selesa.

"*Aunty* minta maaf, sekiranya apa yang *aunty* nak cakap buat Aira tersinggung," kata Zulaikha dengan tenang sambil melirik wajah Aira. Dadanya terasa berdebar-debar.

Aira terus membisu. Tiada pertanyaan. Dibiarkan Zulaikha menguasai suasana. Aira cuma menghadirkan diri atas permintaan Bilal yang mahu Aira berjumpa dengan ibunya. Itu saja.

"Harap Aira dapat lupakan Bilal," pinta Zulaikha sambil memandang tubuh kecil molek yang di hadapannya. Aira tersentak. Aira tidak tahu apa yang harus dilakukan ketika itu. Mahu menangis? Atau mahu terus bangkit dan beredar dari situ? Atau terus membalas kata-kata Zulaikha? Semuanya beku seperti terbeku air di dalam salji. Nafasnya bagai tersendat.

Mata Aira terbeliak. Bilal tercengang.

"Ibu!" teriak Bilal tidak mengerti.

"*Aunty* sudah ada pilihan untuk Bilal. Juga seorang doktor," kata Zulaikha bangga.

"Ibu!" teriak Bilal kali kedua. Aira terdiam membisu dengan seribu kata.

"Bil tak akan bawa Aira Naina ke sini sekiranya Bil tahu ini yang ibu ingin katakan," ungkap Bilal. Zulaikha hanya diam sambil berdengus. Zulaikha merasa Bilal tidak faham, apa yang dilakukan ini adalah untuk masa depannya.

"*It's not right,* bu." Bilal bersuara.

"Keputusan ibu muktamad. Ibu dan keluarga Natasha sudah setuju untuk tunangkan Bil dengan Natasha," ungkap Zulaikha.

"Keluarga Natasha banyak bantu keluarga kita, sehingga Bil berjaya sekarang," terang Zulaikha.

"Apapun keputusan ibu, tapi bukan ini caranya..." keluh Bilal.

Aira mendengar pertengkaran Bilal dengan ibunya. Aira tidak mahu menjadi orang yang menyebabkan pertengkaran itu berlanjutan. Aira menghormati keputusan Zulaikha.

Aira mengalah. Aira yang teruk terluka. Pertemuan yang dianggap akan melabuh layar cintanya namun cerita itu tidak dilanjutkan, ia harus ditutup.

Dan itulah pertemuan yang amat pilu dirasakan. Malam itu adalah pertemuan yang pertama kali tetapi juga pengakhiran.

Sampai di rumah, apabila Dura membuka pintu, Aira terus memeluk uminya dengan tangisan yang kuat. Aira tidak mungkin dapat melupakan babak terakhir itu. Sakitnya tidak dijangka seperti ini. Aira menukar numbor telefon, padamkan FB dan apa-apa berkaitan dengan sosial media. Kali terakhir Aira melihat gambar pertunangan Bilal dan Natasha yang dimuat naik oleh ibu Bilal di FB. Sarah yang memaksa Aira melihat majlis pertunangan itu yang berjalan dengan meriah.

"Kau masih ingat apa yang sudah berlalu?" soal Bilal dalam *video call.*

"Sukar untuk aku..." kata Aira.

"Sukar memaafkan aku?" soal Bilal. Aira terdiam.

"Kali ini aku akan berusaha sedaya upaya untuk menerima semua keputusanmu..."

Bilal mengeluh.

"Maksudmu?" soal Aira.

"Aku tiada pilihan, aku tidak akan memaksa kau..." kata Bilal.

"Aku harap kau mengerti," pinta Aira.

"Lebih dari itu, aku cukup mengerti bagaimana luka dalam hatimu," sela Bilal.

"Maafkan aku," pinta Aira.

"Cuma aku harap kau maafkan kesilapan ibuku," pinta Bilal.

"Sudah lama aku berbuat begitu, tiada sikit pun dendam dalam hati ini. Sedang aku masih berusaha cuba ubati luka lama, kau datang beri segunung harapan untuk aku," ungkap Aira. Air mata Aira berlinangan di pipi. Bilal melihat air mata yang bening menuruni dan membasahi pipi.

Kemunculan Bilal membuat Aira melihat semula luka yang telah ditinggalkan.

Bilal melepaskan semua itu dan kini begitu tenang mahu membina semula permulaan perjalanan baru.

"Maafkan aku, Aira," pinta Bilal berulang. Sudah beribu kali dilafazkannya. Bilal mahu banyak memberi Aira masa untuk memikirkan semula perhubungan mereka.

Bilal yakin kebahagiaan itu akan datang dalam keadaan yang tak terduga.

Bilal tidak mahu ada lagi penyesalan. Bilal serik merasa kehilangan yang pernah dimiliki namun kini Bilal tidak akan merelakan ia pergi. Kelmarin ia sudah pergi jauh akhirnya Bilal menemukannya kembali. Bilal izinkan Aira simpan detik mana yang ingin disimpan dan saat mana yang ingin dihapuskan. Bilal tahu dan turut merasai perjalanan ini penuh dengan tanda tanya. Namun Bilal tidak mahu menyerah kalah kerana Bilal tahu Aira adalah takdirnya yang tidak akan dilepaskan. Bilal telah membina istana khas dalam hatinya untuk Hawanya.

10

Pasukan kesihatan baru sahaja menelefonnya dan memberitahu bahawa Asfar memerlukan rawatan intensif di unit rawatan rapi (ICU). Asfar memerlukan mesin bantuan pernafasan (ventilator). Pasukan kesihatan mengambil inisiatif bersungguh-sungguh mematuhi prosedur operasi (SOP) untuk mengelakkan keadaan menjadi lebih teruk.

Virus Covid 19 menyebabkan tindak balas sistem imum dalam tubuh Asfar semakin lemah. Pakar anestesiologi menyatakan inilah perkara yang mencemaskan pasukan kesihatan apabila seorang pesakit covid 19 yang pada mulanya stabil namun menjadi kritikal secara tiba-tiba selama hampir 24 jam. Asfar yang mulanya stabil berubah dalam sekelip mata.

Keadaan ini berlaku kerana kandungan oksigen dalam badan Asfar didapati turun secara mendadak yang menyebabkan daya tahan dirinya tidak mampu bertahan. Kelihatan nafas Asfar masih tidak stabil walaupun dibantu dengan mesin bantuan pernafasan. Dalam keadaan yang cemas, Asfar dihantar dengan pantas untuk pengimbasan tomografi berkomputer (*CT scan*) paru-paru kerana dikhuatiri sekiranya terdapat darah beku di saluran paru-paru Asfar.

Sekiranya itu yang berlaku, ia boleh membawa maut. Pasukan kesihatan yang membabitkan doktor, jururawat terlatih ICU bertugas sedaya cuba menyelamatkan Asfar.

Aira sempat buat *video call* dengan abahnya sebelum dikomakan atau ditidurkan. Aira melihat wajah abahnya yang pucat. Masa itu Asfar sudah tak boleh bercakap sebab dipasang dengan alat bantuan pernafasan. Asfar hanya menulis nota untuk anaknya.

Di dalam nota yang ditulis yang dipaparkan oleh jururawat kepadanya berbunyi.

Abah minta maaf. Abah sayang Aira. Abah sayang umi. Jaga umi!

Aira terkedu dalam kesedihan yang amat dalam. Aira juga meminta maaf kepada abahnya.

Asfar hanya menganggguk kepala. Setelah itu Asfar melambaikan tangan ke arah Aira. Aira membalas dengan hati yang amat sayu.

Asfar yang kritikal dikomakan sepanjang rawatan untuk memudahkan rawatan dijalankan.

Asfar yang mempunyai rekod sejarah penyakit darah tinggi dan kencing manis ternyata menerukkan keadaannya. Dan satu lagi yang menyumbang kepada risiko tersebut faktor usia warga emas yang berusia 60 tahun keatas.

Setelah didiagnosis, menunjukkan berlakunya sindrom pernafasan teruk yang berlaku agak mendadak sehingga Asfar berada dalam tahap kritikal.

Dari wajah Asfar, dapat dilihat betapa beratnya penderitaan yang dilalui. Ia bagaikan mimpi ngeri yang membayangkan bahawa tiada harapan untuk sembuh sekali gus menganggap ini pengakhiran hayatnya. Dia melalui saat akhir dengan harapan yang tipis. Dalam keadaan perjalanan yang mungkin terakhir ini, tiada Aira atau Dura di sampingnya untuk meringankan perjalanan yang penuh derita!

Semenjak mendapat berita itu, Aira tidak putus-putus berdoa dari rumah. Aira berdoa agar diberi keajaiban. Aira mahu Asfar sembuh dari wabak penyakit ini.

Dan doktor memberitahu sejak semalam Asfar tidak punya selera makan yang baik. Dia kehilangan bau rasa dan cepat rasa lelah.

Kelelahannya juga sebahagian daripada gejala Covid 19 yang sukar pulih setelah terinfeksi.

Aira menangis tidak henti-henti setelah mendengar berita dari rumah sakit. Dayanya terbatas.

Sarah tidak henti menelefon memberi sokongan. Begitu juga Bilal menelefon setiap 5 minit hanya mahu memastikan Aira tetap tabah.

Aira harus menghadapi ujian terberat dalam hidup ketika ibunya tiada di sisi.

Aira seakan-akan mahu rebah seketika saat mengetahui abahnya di ambang maut.

Ketika ini Aira benar-benar kesepian kerana tiada siapa di sisi. Terpisah daripada keluarga yang selama ini setia bersama. Asfar berjuang sendirian. Asfar tidak boleh ditemani. Hati Aira benar-benar remuk melihat ayahnya terbaring lemah. Aira merasa sepatutnya saat ini dia harus di samping Asfar yang berjuang antara hidup dan mati.

Selang dua jam berlalu, Aira dikejut dengan panggilan daripada rumah sakit yang memberitahu bahawa Asfar tidak dapat diselamatkan. Asfar tidak mampu melawan. Asfar pergi buat selama-lamanya. Aira terduduk di atas lantai. Aira menjerit menangis dan meratap!

Semuanya berlaku terlalu pantas. Luluh hati Aira bila teringat pesanan terakhir yang diterima daripada abahnya sebelum dijemput Ilahi akibat dijangkit Covid 19. Pesanan terakhir akan tetap disimpan. Sewaktu panggilan video sebelum ini, Aira sembunyikan perasaan hibanya agar memberi semangat untuk abahnya kembali kuat. Namun Asfar sendiri menyedari bahawa harapannya amat tipis setelah keadaan kesihatan semakin hari semakin merosot.

Aira mengakui terkilan kerana tidak dapat uruskan abahnya namun Aira bersyukur semua urusan pengebumian dipermudahkan. Aira reda dengan prosedur yang ketat dalam pengurusan jenazah pesakit Covid 19. Namun dengan bantuan Bilal dan Sarah, abahnya selamat dikebumikan. Yang paling terkesan pada Aira semasa abahnya meminta maaf.

Dan Aira juga sempat meminta maaf. Itulah momen yang tidak dapat difikirkan lagi.

Betapa sedih dan pilunya. Abahnya seorang yang tegas tetapi penyayang. Sukar bagi abahnya untuk menunjukkan atau mengatakan sayang.

Semuanya berlaku dengan sekelip mata. Baru seminggu Asfar dimasukkan ke rumah sakit dan kini tiba-tiba dia pergi begitu sahaja. Betapa pilu hatinya tidak dapat melihat abahnya kali terakhir.

Semua harus dilakukan mengikut perintah arahan.

Manusia mengadakan undang-undang untuk mencegah wabak. Wabak pandemik telah meninggalkan banyak kesan dalam diri Aira. Malah perintah berkuarantin atau arahan berkurung diri menyebabkan proses pengebumian jenazah yang berlaku tidak dapat dilakukan secara normal. Meninggal dunia sewaktu pandemik adalah pengalaman yang paling menyayatkan hati. Aira terlepas saat-saat terpenting dalam hidupnya.

Aira sudah menangis berkali-kali. Hingga air matanya terasa sudah kering. Walaupun air mata darah sekalipun yang mengalir, yang pergi tetap pergi. Aira mesti reda dengan ketentuan takdir. Aira tidak berkesempatan menemani abahnya yang berhadapan dengan sakaratulmaut.

Aira kesal kerana dilarang bersama abahnya pada saat hembusan nafas yang terakhir.

Pandemik Covid-19 telah mengubah kehidupan banyak orang dan mempengaruhi kondisi mental manusia. Situasi begini membuat ramai orang merasakan kesedihan yang mendalam.

Kesedihan yang dialami itu kesan daripada kehilangan. Baik kehilangan orang yang dicintai atau kehilangan hak untuk melakukan hal-hal normal yang biasa kita lakukan. Aira merasa amat kecewa kerana rasa kehilangan tersebut.

Bagaimana untuk bertahan menghadapi kehilangan ini? Aira cuba mengatasi gejolak emosi tersebut dengan berdamai dengan dirinya sendiri. Aira cuba berdamai dengan diri sendiri mengatasi semua kesedihan pada kehilangan itu. Ternyata keadaan kesedihan itu menyeksa fikirannya. Walaupun dapat dikumpul segunung wang namun mustahil untuk dia membalas kembali kasih sayang seorang ayah. Memang Aira harus bertenang dan menerima kenyataan bahawa abahnya, Asfar bin Saideen Khan telah dijemput Ilahi akibat dijangkiti COVID-19.

Memang Aira reda dengan ketentuan Ilahi. Nyawa ayah tersayang dijemput Sang Pencipta akibat virus jahat itu. Pemergian Asfar memberi kesan mendalam buat seluruh jiwa dan raganya apatah lagi bila mengenangkan uminya masih berada di rumah sakit.

Dia turut berduka kerana tidak menyangka bahawa begitu cepat Asfar pergi meninggalkan mereka, seolah-olah Asfar lenyap dengan begitu sahaja, tanpa jenazah dibawa pulang. Semua diuruskan oleh pihak hospital. Abahnya pergi tidak pulang-pulang.

Aira seperti terasa abahnya masih berada di hospital, masih dirawat. Namun Aira sedarkan diri sendiri dan selalu ingatkan dirinya bahawa abahnya sudah tiada. Asfar pernah mengatakan kepada Aira bahawa Allah saja yang boleh menghidupkan dan mematikan.

Sesungguhnya Allah yang menerbitkan matahari dari timur. Allah yang memberi petunjuk, pertolongan dan bantuan kepada segala urusan di dunia dan di akhirat. Allah pelindung orang-orang yang beriman, yang mengeluarkan mereka dari kegelapan. Allah yang memasukkan waktu malam ke dalam waktu siang dan Allah jua yang memasukkan waktu siang ke dalam waktu malam. Dan Allah SWT jua yang memberi jalan petunjuk.

Dan dia harus berdamai dengan takdir!

Itu yang meringankan penderitaannya. Kata-kata mutiara Asfar yang tidak pernah luput dalam ingatan Aira. Setiap kali bila Aira kelihatan muram, Asfar akan sergah Aira dengan teguran yang kasar dan banyak tazkirah yang dicurahkan.

"Jangan lupa solat. Jaga ikatan dengan Allah." Pesanan itu tidak pernah luput dari bibir Asfar. Dia sering mengingati puterinya. Kini hanya tinggal ucapan yang akan bermain di telinga Aira buat selamanya.

Kehilangan seorang ayah memang amat menyedihkan lebih-lebih lagi bila dia tidak ada di samping ayahnya ketika menghembuskan nafas terakhir.

Pada dasarnya, pemergian Asfar jadi pukulan berat bagi seorang anak seperti Aira. Memang normal mengetahui berita kematian dengan rasa terkejut, seakan-akan tidak dapat mempercayainya.

Dia perlu menyedari bahawa itu adalah realiti yang harus diterima dan dihadapi. Tidak semena-mena, perasaan Aira bertukar menjadi marah pada hukum keidupan.

Aira menjadi marah kepada Asfar yang meninggalkan dia, meninggalkan Dura.

Pada suatu ketika, Aira terfikir mengapa kematian tidak boleh dielakkan?

Bagaimana Asfar terkena jangkitan? Siapakah yang menyebabkan semua ini?

Dari sudut hati Aira merasakan perit kehilangan kasih sayang seorang ayah.

Aira masih mencari-cari bagaimana untuk memahami erti kehilangan.

Aira sukar tidur, kurang selera makan dan sering menangis. Walaupun Sarah selalu menemaninya dengan panggilan video namun sebaknya tetap tersendat.

Bilal mengharapkan Aira akan melalui fasa kehilangan dengan tabah dan seterusnya akan berjaya meneruskan kehidupan seperti biasa.

Bilal senantiasa memahami apa yang terjadi. Bilal dan Sarah tetap memberi sokongan.

Perasaan sedih, marah dan kecewa adalah perasaan biasa yang akan dirasai oleh sesiapa saja cuma Bilal tidak mahu Aira rasa bersalah.

Walaupun Aira sudah berjanji dengan dirinya sendiri akan tetap berdamai dengan takdir namun di sudut pinggir hatinya masih berbisik kesedihan yang sukar dipadam dalam memori kehidupannya. Merelakan seseorang yang sangat bererti dalam hidup adalah sesuatu yang sulit dilakukan. Ada perasaan sedih yang teramat dalam. Semuanya menghadirkan kehampaan.

Aira berjanji tidak mahu bersedih lagi.

Aira mengumpulkan keberanian untuk mengungkap segala perasaan terhadap suatu pemergian. Meski sulit mengutarakan lewat kata-kata namun Aira tahu bahawa abahnya juga tidak mahu Aira bersedih. Aira berdoa agar abahnya ditempatkan dalam kalangan orang yang beriman dan dirahmati..

"Aku tahu perasaan kau," ungkap Sarah.

"Ai, kau harus lebih kuat. Kau harus lebih kuat sebab umi kau perlukan kau," sampuk Bilal.

Bilal yang turut sertai ruangan *chat* bersuara. Aira mengesat air matanya lagi. Sarah melihat mata Aira merah membengkak kerana semalaman menangis tidak henti-henti. Aira cuba mengabaikan perasaan duka itu dan mahu menyembunyikannya daripada Sarah atau Bilal. Aira cuba berdamai dengan perasaan duka itu. Namun rasa pilunya tidah boleh dibohongi.

"Ai, aku tetap ada di sisimu. Kau tidak keseorangan..." pujuk Bilal dengan berani.

"Ai! Aku tahu kau sayang abah kau, namun kau tidak harus biarkan kesedihan itu melebihi segala-segalanya...." pintas Sarah. Bilal menganggukkan kepala tanda bersetuju.

Selang beberapa minit berlalu, Bilal minta diri kerana ada panggilan kecemasan dari wadnya.

Bilal *offline*. Tinggallah Sarah bersama Aira.

"Beb, aku nak kau bangun dengan penuh yakin. Aku dan Bilal ada bersama kau," tegas Sarah.

Aira hanya termenung dengan sebuah kekosongan yang dalam. Aira tidak mampu membalasnya. Sedih dan pilunya meragut semua kekuatannya. Nasib baik ada teman seperti Sarah yang senantiasa ada di sisi menemaninya.

Sarah melihat Aira menarik nafas panjang. Sarah harapkan sesuatu yang positif akan keluar dari mulut Aira. Sarah mahu Aira melangkah setapak demi setapak dan meneruskan kehidupan.

Terasa sangat sepi. Aira duduk di atas sofa, di tempat yang selalu dihuni oleh Asfar.

Di situ Aira mengumpulkan setiap kenangan bersama Asfar.

Kenangan yang manis dan pahit. Kenangan yang manis ketika melihat sakat-menyakat antara Asfar dan Dura yang romantis. Walaupun mereka meniti usia senja, gurau senda mereka sering menjadi lagu dan irama di dalam rumah. Ada sahaja adegan-adegan yang manja yang ditunjukkan.

Kedengaran suara manja Asfar yang suka menyakat Dura dengan memanggilnya Doraemon, sekiranya Dura tidak muncul di hadapan Asfar kerana merajuk.

Asfar kemudian akan menyanyi lagu Doraemon dengan gayanya, Aira ketawa geli hati melihat tarian Asfar meniru watak Doraemon.

Dura yang mulanya marah, tiba-tiba tersengih melihat kerenah suaminya.

"Rambut dah banyak uban nak menari... Eee... Tak senonoh," sindir Dura bila muncul di ruang tamu.

"Alah. Umi ni, *cute* ajelah abah ni," sela Aira.

"Ah tak faham-faham, nama saya bukan Doraemon. Lain kali saya tidak akan datang sekiranya awak panggil saya dengan nama itu. Saya berhak berdiam diri," rajuk Dura.

"Kan umi dah marah," kata Aira.

"Alah, janganlah macam tu. Cepat marah, cepat tua," sakat Asfar lagi.

"Memang dah tua pun," pintas Dura.

"Tahu tak apa," sela Asfar. Kemudian Dura tersenyum. Mereka semuanya ketawa.

Romantisnya mereka sebagai pasangan senja. Rasa bahagia melihat umi dan abahnya sering menguntum senyuman. Dura dan Asfar hidup tenang sebagai pasangan yang selalu bertolak ansur. Berkat ketabahan mereka, perkahwinan mereka kekal lebih dari 32 tahun. Mereka pasangan yang boleh dijadikan contoh. Pasangan yang boleh dijadikan rujukan. Namun di akhir senja, badai datang melanda. Suria pergi dan datang ribut kabus yang memedihkan mata yang memandang. Badai datang seperti tidak kenal usia. Pada usia emas, mereka dilanda badai perasaan cemas, entah dari mana datangnya.

Ia datang menjelma menjadi kenangan rahsia yang amat menyeksakan.

Badai yang tidak berwajah bersilang dengan pertemuan situasi pandemik Covid 19, menukarkan wajah Asfar, menjadikan Asfar manusia yang pemarah dan suka mendiamkan diri.

Diam seolah-olah adalah cara yang terbaik baginya sedangkan Dura dan Aira mencari di mana kesilapan mereka.

Bila dipanggil Dura, tidak disahut. Bila ditanya Aira, tidak berbalas sepatah kata.

Asfar menyembunyikan rahsia dirinya dalam tekanan perasaan namun Dura dan Aira tidak mengerti perubahan sikapnya.

Dura tahu Asfar lebih bersikap banyak menyerah pada takdir. Asfar lebih suka 'bersyukur' dan sering mengucapkan alhamdulillah. Pemikiran itu yang sering membuat dia lebih tenang.

"Kita dah tua, yang kita mahukan adalah keberkatan," kata Asfar.

"Yang saya mahukan adalah cinta dan sayang yang berpanjangan. Itu adalah kekuatan untuk saya melangkah setiap hari," pinta Dura.

"Insya-Allah," pintas Asfar sambil memegang tangan Dura.

"Eee. Dating ke?" tegur Aira.

"Awak tengok anak awak ni..." adu Asfar.

"Anak saya?" sela Dura.

"Ya, anak saya juga," sampuk Asfar.

"Hah, macam itu baru betul," kata Dura. Aira hanya ketawa melihat mereka bertengkar. Aira tersenyum melihat lagi kerenah abah dan uminya yang bermain di ruang mata. Kadangkala Aira merasa kehadiran kenangan itu membawa kasih sayangnya yang tidak berubah pada Bilal.

Dari situ Aira baru dapat belajar untuk menerima dan bersyukur dengan apa yanag masih dimiliki. Aira masih memiliki Dura. Aira masih memiliki Bilal yang masih tersembunyi di sebalik dilema luka lamanya.

Kehadiran kenangan itu masih mampu membuat dia merasa bahagia dan menyedarkan dirinya bahawa ada waktunya manusia akhirnya harus merelakan yang tersayang pergi walaupun sukar untuk dilakukan.

Dan sehingga kini Aira masih tertanya-tanya bagaimana Asfar boleh dijangkiti? Siapa pembawanya? Ke mana Asfar pergi dan siapa yang berjumpa dengannya?

Semua persoalan tidak dapat dicari jawapannya.

Pihak kesihatan masih menyiasat dan menjejaki perjalanan Asfar sebelum ini.

Aira masih tertanya-tanya bagaimana semuanya terjadi. Siapakah Umar yang membuat Asfar mendorong kakinya melangkah ke rumah Sumaya? Aira masih belum sempat berjumpa dan bertanya Sumaya siapa sebenarnya Umar yang dicari oleh abahnya. Bila duduk di atas sofa, terasa seperti abahnya terlalu dekat dengannya. Seperti Asfar berada dan duduk di sebelahnya sedang menonton TV.

Di penjuru sana Aira seperti melihat abahnya sedang bertadarus. Seperti dilihat abahnya sedang menunaikan solat duha di situ. Semuanya berlaku di penjuru itu!

11

"Yuna, pasien wad yang mana tewas?" soal Bilal. Dia bertanya apabila melihat wajah Yuna yang muram dan termenung di pantri. Air kopi yang berada di cawannya tidak diminum. Kesedihan dan kepiluan terpancar di wajahnya. Sekiranya diberi ruang, pasti dia akan menangis dan menjerit. Bilal boleh menjangkakan hal itu.

Namun Yuna cuba mengawal perasaannya. Yuna ialah doktor yang tegas dan kuat azam menghadapi semua dugaan lebih-lebih lagi pada waktu pandemik ini. Yuna antara pakar di barisan hadapan yang berjuang terus-terusan sejak virus mula dikesan.

"Yuna," sergah Bilal apabila pertanyaannya tidak dijawab. Bilal tahu Yuna telah jauh dihanyut perasaannya. Yuna menoleh dan memandang ke arah suara Bilal.

"Katil 32 dan 44," jawab Yuna sambil mengesat air matanya. Suaranya terketar dan putus-putus menahan sebak.

Yuna terbayang pesakit yang berusia 45 tahun dan 67 tahun, yang masing-masing dalam keadaan kritikal semasa berada di wadnya. Pemuda yang masih bujang mengidapi penyakit semput dan seorang datuk pula mempunyai rekod perubatan sebagai pesakit radang paru-paru.

Masing-masing mengalami demam panas. Dan Yuna memberitahu bahawa demam mereka semakin bertambah buruk dan berubah dengan mendadak sekali hingga suhu badan mencatat 39.8 darjah Celsius dan suhu yang sama dicatatkan selama beberapa malam. Kemudian mereka meracau selama beberapa malam sebelum meninggal.

Mereka sudah dirawat selama 25 hari. Dan mereka ialah kluster pertama yang dikesan semasa pandemik bermula. Pasukan kesihatan berusaha sedaya upaya namun akhirnya mereka tumpas juga.

"Kematian merupakan suatu hal yang pasti terjadi dan akan dihadapi semua makhluk hidup di dunia. Bila telah digariskan waktunya, siapapun dan di mana pun kematian akan tetap berlaku. Yuna, kau seharusnya lebih kuat. Kalau *team* kau tahu kau seperti ini, semangat mereka pun menjadi lemah," balas Bilal sambil mendengus.

"Kau tak faham, Bil," pintas Yuna sambil memandang tepat wajah Bilal.

"Tak faham apanya? Kita dalam *team* yang sama. Tapi janganlah ikut perasaan kau tu," balas Bilal sambil duduk di hadapan Yuna yang masih tercegat berdiri. Dari riak wajahnya, Bilal sedar bahawa fikiran Yuna masih terbang melayang entah ke mana-mana.

"Aku tahu, tiap hari yang kau lihat adalah kematian. Kau, aku dan semua yang bertugas sudah buat yang terbaik untuk semua," kata Bilal dengan perasaan pilu.

"Mereka panggil kita pahlawan. Mereka panggil kita hero. Tapi kita buat mereka kecewa," suara Yuna menahan sebak.

"Tapi kita bukan Tuhan. Penentunya bukan di tangan kita. Kita hanya berusaha," tegas Bilal.

"Kalau boleh semua orang kita nak selamatkan," kata Bilal seakan-akan memujuk Yuna.

"Aku terasa tertekan." Pilu Yuna bersuara.

"Kau perlu ambil cuti dan berehat. Kau sudah sebulan bekerja tanpa rehat. Kau perlukan kekuatan. Kasihan anak-anak kau," nasihat Bilal. Yuna seakan-akan terpinga-pinga bila Bilal menyebut tentang anak-anak. Seakan-akan Bilal menyedarkan Yuna tentang anak-anaknya yang lama tidak didakapnya. Tiap hari mereka hanya *video call* sahaja sebelum tidur. Doktor Yuna harus kuarantin selama 14 hari sekiranya mahu pulang. Ini adalah SOP yang telah ditetapkan.

Barisan hadapan juga harus patuh kepada arahan itu apatah lagi mereka berurusan secara langsung dengan pesakit-pesakit Covid 19 dan mereka terdedah kepada jangkitan wabak itu.

"Aku lihat tadi semua *team* kau termenung. Sally, Agnes, Salmi dan Than semuanya berwajah muram. *Please*lah, kau mesti menjadi pembakar semangat, bukan putus asa."

Bilal memberi semangat kepada Doktor Yuna. Doktor Yuna adalah *cardiologist* atau pakar jantung yang amat disegani. Semasa Bilal menjadi doktor pelatih, Yuna menjadi mentor Bilal. Yuna banyak memberi sokongan dan dorongan yang membuat Bilal semakin yakin menempah perjalanan menjadi seorang doktor. Doktor Yuna yang bertugas di wad perawatan intensif. Seperti rakan-rakan doktor yang lain, Yuna harus bekerja syif selama 12 jam tanpa henti selama sebulan yang lalu. Yuna dan rakan rakannya mengakui bahawa perkara yang paling merisaukan ialah aspek kesihatan fizikal dan mental ahli pasukannya.

Mereka harus melaksanakan tugas dengan memakai PPE (*Protective Personal Equipment*) atau Alat Pelindung Diri dalam tempoh yang ditetapkan mengikut garis panduan WHO (*World Health Organisation*).

Sepanjang tempoh pemakaian PPE itu memang ada kesan seperti pening, lemah badan dan keletihan akibat kepenatan. Malah sebelum ini, ada juga ahli pasukannya yang terpaksa membuka PPE lebih awal kerana pening dan loya. Kadangkala ada di antara mereka yang tidak mampu bertahan dan mereka diingati supaya tidak memaksa diri. Mereka diminta keluar berehat kerana tenaga mereka masih diperlukan untuk keesokan harinya. Pasukan kesihatan sering berharap rakyat sentiasa mengambil iktibar daripada peristiwa yang melanda negara ketika ini dan sentiasa mematuhi arahan dikeluarkan kerajaan demi keselamatan orang ramai dalam memerangi wabak berkenaan.

Walaupun dugaan bertugas mmenghimpit kuat tiap jururawat, doktor dan pasukan yang lain, namun mereka tidak putus asa dan percaya setiap yang berlaku ada hikmahnya tersendiri. Walaupun mereka adalah golongan profesional tetapi manusia biasa seperti mereka juga dilanda kepenatan dan ketakutan. Rasa ketakutan dan ngeri seperti tercampak ke dalam perut lautan saat melihat ramai yang dimasukkan ke rumah sakit.

Pasukan di barisan hadapan harus cekap memilih pesakit yang mana yang harus dirawat dahulu sebagai pesakit dalam kecemasan. Situasi di dalam hospital seperti dalam medan peperangan. Suasana unit perawatan intensif kala itu amat suram dan memilukan.

Sepanjang menjadi doktor, Doktor Yuna tidak pernah terbayang dan dapat melupakan setiap detik yang berlaku di hadapan pasukannya. Semuanya menjadi sejarah. Dan bayangan sejarah itu kadangkala menjadi kekuatan buat mereka.

Setiap detik, setiap masa dan setiap hari adalah pengalaman yang mendewasakan.

Doktor Yuna dan dokor yang lain tetap berdiri dan ingin menunjukkan kekuatan itu tanpa melayan hati mereka yang rapuh.

Pernah suatu hari, salah seorang rakan doktor di dalam *team*nya melompat-lompat di koridor kegembiraan kerana pesakit yang dijangkiti Covid 19 yang dirawatnya beransur pulih. Namun selepas lima hari kemudian, dia disahkan dijangkiti virus itu semula.

Namun doktor itu kelihatan tenang. Walaupun dari wajahnya semua yang bertugas tahu dia merasa amat takut. Ini adalah masa yang paling sulit bagi Doktor Yuna dan *team*nya. Dan doktor itu mengalami kemurungan beberapa hari dengan tidak punya selera makan dan sering mengasing dirinya dari *team* yang lain. Nasib baik kemurungan itu dapat diatasi dan doktor itu kembali cuba mengukir senyuman di bibir.

Kadangkala sebahagian daripada mereka mula merasa kecewa dan hancur jiwa raga dan merasa putus asa dan ada yang menangis kerana merasa tidak berdaya melihat rakan sendiri dijangkiti atau melihat pesakit yang tidak sembuh sepenuhnya. Dan ketika itu ada yang di antara anggota *team* mereka mula membuat sesuatu yang di luar jangkaan.

Adakalanya mereka membuat gelagat yang melucukan, ada yang menyanyi agak kuat dengan suara sumbang macam katak panggil hujan.

Lagu Adele yang bertajuk *Hello* sangat popular di antara pasukan kesihatan sebagai sapaan kepada yang lain. Dengan suara yang sengau membuat yang lain tersengih atau menaikkan bulu kening di sebalik *face shield* dan pelitup muka. Sekiranya keadaan pilu dan suram tidak berubah, mereka seperti kehilangan akal yang sihat lalu menenggelamkan emosi mereka bila melihat keadaan pesakit yang nazak atau berlakunya kematian. Dalam hal yang getir ini, mereka tetap bersatu dan saling membantu.

Kematian di merata dunia mencatatkan kes yang amat tinggi lebih-lebih lagi di Itali melaporkan kematian akibat virus Covid 19 melonjak dalam satu hari yang merupakan jumlah korban yang tertinggi di dunia. Bagi Doktor Yuna dan *team*nya, mereka sudah terbiasa melihat ramai orang mati.

Pandemik telah mengubah cara sebuah kehidupan dengan mengamalkan norma baru dalam pelbagai aspek. Norma baharu juga banyak mengubah adat dan budaya setiap bangsa dan agama. Mati sendirian akibat pelaksanaan norma baru adalah hal yang sangat menyedihkan sewaktu di rumah sakit.

Memang kematian tiada siapa yang dapat meramalkan dan tiada seorang pun yang dapat mengetahui di bumi mana kita akan mati. Dan tiada seorang pun yang boleh lari dan terlepas daripada kematian. Ramai doktor berharap ini tidak terjadi kepada pesakit mereka, namun dalam pasca pandemik ini, melihat pesakit mati sendirian memang tidak dapat dielakkan.

Sebelum munculnya pandemik Covid 19, sekiranya pesakit yang dirawat di Unit Perawatan Intensif didapati sedang nazak atau tipis harapan untuk hidup, biasanya pesakit tersebut akan dikelilingi oleh keluarga, juga sahabat handai dan kenalan. Pesakit tersebut berpeluang berbual dengan ahli keluarga dan teman-teman rapat sebelum pesakit ini diberi ubat membantu mengurangkan kesakitannya. Keluarga pesakit tersebut sempat mengajarkan pesakit menyebut kalimah syahadah sebelum meninggal dunia dalam keadaan yang tenang dan semula jadi. Semuanya berlaku di hadapan mata keluarga.

Sekiranya pesakit tidak punya keluarga, pasukan jururawat dan doktor akan bersama menghadiahkan sentuhan kasih sayang menemani saat-saat akhir babak kehidupan.

Biasanya, keluarga dan teman-teman diizinkan untuk mengunjungi dan berkumpul di sisi tempat tidur pesakit. Ahli keluarga terdekat akan menampakkan senyuman dan menghadiahkan ketenangan sebelum ajal berada di titik garis penamat. Diharapkan momen-momen indah itu menjadi kenangan terakhir si mati. Jalinan kasih sayang itu bak sinaran yang menerangi jalan-jalan di hadapan sana.

Tapi semenjak pandemik Covid 19 melanda, jalinan dan kebiasaan itu tidak berulang lagi. Semua itu sudah dilarang demi menghindari penularan virus Covid 19.

Keluarga yang terdekat dan teman-teman pesakit tersebut bahkan tidak dibenarkan datang ke rumah sakit. Tubuh yang kaku akan terlantar di atas katil dengan tenang. Jenazah mereka diuruskan oleh pihak rumah sakit. Rumah sakit mempunyai protokol yang khusus untuk menangani pengebumian pesakit-pesakit Covid 19 yang meninggal dunia.

Tradisi sebuah kehidupan di mana kelahiran seorang manusia selalu membawa sukacita mewarnakan kehidupan seperti warna-warna pelangi dengan ukiran senyuman sedangkan kematian memberikan kesedihan. Tangisan dan esakan mewarnakan sebuah kehilangan dengan kesedihan. Apatah lagi apabila kematian orang yang disayang akibat dijangkiti virus Corona seperti sekarang, semua anggota keluarga yang sedang menjalani kuarantin tidak dibenarkan hadir bagi memberikan penghormatan terakhir.

"Yuna, ambil cuti pergi berehat," pujuk Bilal. Yuna hanya diam. Sebaknya masih belum reda.

Wajah suami dan dua orang anaknya yang dijaga si suami yang bekerja dari rumah semenjak berada dalam situasi pandemik terbayang. Yuna seakan-akan hilang kuasa berfikir. Yuna seakan-akan hilang arah bagaimana harus berfikir.

Untuk pulang ke rumah berjumpa dengan keluarganya yang hampir sebulan tidak ketemu. Dan dia harus kuarantin selama 14 hari sebelum dibenarkan pulang. Sebelum mula bekerja juga, dia harus kuarantin 14 hari lagi, itu pasport yang harus dipegang untuk sebuah pertemuan. Banyak arahan yang mesti dipatuhi dengan betul dan tepat untuk memutuskan jangkitan kepada orang-orang yang tersayang.

Banyak arahan yang harus dipatuhi dengan betul dan tepat bagi memastikan prosedur itu tidak diambil ringan.

Malah suami Yuna menasihati agar jangan pulang sehingga keadaan reda. Dia juga mengharapkan pandangan masyarakat akan berubah tentang jangkitan wabak Covid 19.

Pada awal pandemik ada antara kalangan masyarakat menjauhi golongan pekerja barisan hadapan walaupun mereka telah menjalani kuarantin untuk memastikan bahawa mereka tidak dijangkiti semasa bertugas.

Jiran dan orang sekeliling kadangkala takut dan khuatir kehadiran mereka menjadi pembawa wabak. Ada yang mengeluarkan kata-kata kesat kepada pasukan di barisan hadapan. Sally, seorang jururawat kanan pernah bercerita semasa mula berlaku pandemik ini, sewaktu dia membeli makanan di gerai makan, tidak semena-mena dia dimarahi oleh penjual nasi ayam. Dia dihalau dari beratur di depan gerainya.

Sesampai di pantri, badan Sally terenjut-enjut dan menangis teresak-esak hinggalah Sally ditenangkan rakan-rakan pasukannya. Orang di luar sana jijik melihat pekerja barisan hadapan. Kesedihan itu turut dirasai semua pasukan kesihatan yang ada ketika itu.

Nasib baik pemerintah campur tangan dan menyedarkan tentang pentingnya bersikap terbuka menerima kehadiran mereka di tengah-tengah pandemik. Semenjak itu banyak yang tampil dengan menunjukkan rasa simpati kepada pekerja barisan hadapan dengan mengatakan cinta sekali gus membuat mereka lebih kuat dan tabah memerangi virus Corona.

Pasukan kesihatan yang bertungkus lumus dipuji dan mereka dianggap sebagai pahlawan. Ramai individu dan banyak persatuan tampil memberi sokongan moral dengan memberi kad-kad ucapan bagi memantapkan mental mereka yang bekerja siang malam tanpa berehat. Rumah sakit dibanjiri oleh hadiah dan bunga.

Setiap hari pekerja barisan hadapan tidak perlu memikirkan apa yang harus dimakan.

Setiap hari banyak restoran yang akan menghantar makanan untuk mereka. Perut yang kosong tidak diganggu lagi dengan 'lagu-lagu' keroncong. Terdapat piza, kuih, minuman, nasi dan beberapa jenis lagi makanan yang dihantar ke rumah sakit.

Barisan hadapan menemukan sesuatu nilai baru dalam sebuah kehidupan bahawa mereka tidak dipinggirkan malah dihargai. Sokongan itu mengembalikan semangat berjuang mereka untuk terus berasa di barisan hadapan.

Kepenatan mereka yang kurang tidur dan kelelahan tenggelam dalam arus dorongan dan sokongan mental dari orang-orang di luar sana.

Mereka tersenyum walaupun mereka juga takut menghadapi cabaran kerana mereka juga mempunyai keluarga yang disayangi dan dirindu.

Doktor Yuna memejamkan matanya. Bilal hanya diam membisu memerhatikan Yuna bermain dengan perasaannya. Yuna menarik nafas. Bilal menjeling ke wajah Doktor Yuna.

Doktor Yuna begitu rindu pada suami dan anak-anaknya. Darwish dan Dienna.

Suaminya yang bertugas sebagai guru di salah sebuah maktab juga dirinduinya. Penutupan sekolah membuat Muaz menyambung tugas dari rumah sambil menjaga anak-anak mereka.

Setiap malam sebelum tidur, Yuna akan membuat *video call.*

"*Mummy, we miss you.*" Suara manja Darwish memecah tembok kesedihan di telinga Yuna.

"*Mummy! My friend said you are hero. Dienna very proud of you,*" ucap Dienna sambil melambai tangan ke arah Yuna.

Kedengaran suara keriangan anak-anaknya membuatkan Doktor Yuna berasa rindu lihat gelagat mereka. Doktor Yuna rindu nak peluk cium mereka. Yuna rindu bau mereka.

Doktor Yuna harus menunggu masa yang terbaik untuk ambil cuti dan berehat.

Tetapi penantian merupakan satu penyeksaan.

Kedengaran suara anak sulungnya Darwish yang berumur tujuh tahun sedang duduk menunggu giliran untuk bercakap dengan Doktor Yuna lagi.

"*When I grow up, Darwish also want to be a doctor. Can help many people*," sampuk Darwish.

"*Then you must study hard. Listen what daddy says. Can mummy talk to daddy*?" pinta Doktor Yuna. Muaz yang berada di belakang anak-anak mencapai iPhone dari tangan Darwish.

Doktor Yuna sudah mula mahu mengalirkan air mata. Namun dia harus kuat dan tabah. Hanya di bahu suaminya, Doktor Yuna akan merasa tenang dan kuat. Doktor Yuna cuba menahan sebak dan air mata. Doktor Yuna mengatur nafas perlahan-lahan. Muaz mengerti apa yang terbenam dalam isi hati isterinya. Muaz juga cuba sebaik mungkin agar suasana itu tidak menyalurkan lebih kepiluan kepada isteri yang tersayang.

"Jangan risau, anak-anak semua okey…" terang Muaz.

"*Miss your sound* berdengkur," usik Doktor Yuna sambil tersengih.

"*How's everything*?" tanya Muaz.

"*More and more coming…*" ungkap Doktor Yuna.

"*Be strong okay, dear*! *Don't worried about us. I will take care of them. Have a proper meals. We still need you*," kata Muaz. Suaranya seakan-akan tersekat-sekat di celahan kerinduan.

"*You all near but* terasa sangat jauh untuk didakap." Suara Doktor Yuna mula serak.

"Yuna…" panggil Bilal.

"Ohhhh, *so sorry*, Bil..." Doktor Yuna tersentak dari lamunan.

Doktor Yuna kembalikan dirinya dari cebisan ruang untuk dirinya sendiri bersama momen dengan keluarga yang dirindui. Sebentar kemudian Yuna dan Bilal mendapat mesej dari wad kecemasan yang mengatakan bahawa terdapat dua pesakit yang baru dipindahkan ke unit perawatan rapi dan disahkan dijangkiti virus Covid 19. Yuna memandang wajah Bilal tanpa berkata-kata dan terus bergegas dan meluru keluar diikuti Bilal dari belakang.

Pesakit yang baru terus datang. Nasib baik hospital ini masih punya katil di wad biasa dan di unit perawatan intensif. Doktor Yuna amat bersyukur. Tidak dapat dibayangkan sesetengah hospital di beberapa buah negara, hospital-hospitalnya tidak dapat menyediakan katil untuk pesakit Covid 19. Dan pemerintah terpaksa membangunkan khemah di tanah lapang dan menyediakan lebih banyak katil. Hati pasukan kesihatan merasa hancur sedih berkeping-keping dengan pertambahan jumlah setiap jam dan setiap hari. Seperti situasi itu diibaratkan seperti tinggal di bawah terowong yang gelap. Namun mereka terus bersemangat bekerja dengan sebuah senyuman bahkan kadangkala mereka cuba tertawa.

Bekerja di bawah khemah dalam keadaan panas terik matahari di lapangan, membuatkan pekerja barisan hadapan sukar bertahan lama di sebalik PPE (pakaian perlindungan diri) hingga ada merasa terkesan akibat suhu yang panas hingga seluar dan baju dibasahi peluh. Kadangkala badan mereka merasa amat lemah dan keletihan akibat dehidrasi. Hanya doa dan kata-kata semangat serta dorongan sesama sendiri, menjadi kekuatan untuk terus bertahan.

Begitulah kehidupan manusia seperti Doktor Yuna dan Doktor Bilal dan doctor-doktor lain serta semua pekerja di barisan hadapan yang lain tidak kira bangsa dan agama.

Mereka tetap berdiri teguh berkorban demi sebuah kehidupan dalam norma dan budaya baru.

12

Dibayangkan wajah Nadir malam itu yang pucat dan tenang, seolah-olah betapa berat hatinya untuk pergi jauh darinya. Setiap saat Nadir merenung dirinya hingga renungan sayu itu membuat Sumaya merasa amat takut dan gementar. Kini barulah Sumaya sedari bahawa renungan itu adalah renungan Nadir yang terakhir.

Sumaya masih seperti dipukau bila teringat semula semua peristiwa sebulan nan lalu.

Pada malam nan sepi, hujan turun dengan lebatnya. Malam yang disangka suaminya pulang tetapi sebenarnya hanyalah khayalan semata. Malam yang mempersendakan perasaannya. Betapa tidaknya, setiap malam dia setia menjadi penunggu suaminya namun akhirnya yang pulang ke rumah bukanlah Nadir. Hanya bayang-bayang Nadir yang menjelma. Menurut ayahnya, itu cuma mainan perasaannya. Walaupun Sumaya keras mengatakan bahawa yang pulang ialah Nadir suaminya, Nadir yang ditunggu setiap malam.

Ayahnya juga berkeras tidak mahu mempercayai Sumaya.

Abu Samad meyakinkan anaknya Sumaya, yang datang dan menjelma adalah mimpi Sumaya belaka. Abu Samad menyatakan mustahil orang yang sudah mati akan kembali pulang ke rumahnya. Ahli keluarganya di kampung juga tiada seorang pun yang mahu percaya.

Sumaya yakin bukan jembalang atau jin yang datang dan bertemu dan bercakap denganya malam itu tempoh hari tetapi Nadir, suaminya.

Abu Samad sering mengingati Sumaya agar mendoakan Nadir di dalam solatnya.

Dan sebagai isteri, Sumaya harus merasa cukup reda atas apa yang dilalui.

Abu Samad berpesan agar Sumaya tidak mudah mempercayai mainan syaitan yang boleh membuat akidahnya tergelincir.

Benarkah yang datang pada dan singgah pada malam itu ialah Nadir?

Entahlah, Sumaya malas memikirkan soal itu. Tapi dia tahu malam itu dia tidak bermimpi seperti yang didakwa ayahnya. Malah fikirannya masih waras. Orang yang bercakap dengannya tak lain tak bukan ialah Nadir. Sumaya dapat merasai kehadirannya. Tetapi ayahnya memberitahu bahawa soal roh itu adalah urusan Allah SWT.

Hanya ilmu Allah sahaja yang mengetahui dan tiada sesiapa pun yang mengetahui selain Allah.

Dan itulah kelemahan manusia yang tidak mampu mendapat jawapan kepada sesuatu persoalan dan harus menyerahkan urusan itu kepada Yang Esa.

Cuma perasaan kasih sayang dan imbasan kebersamaan dengan pasangan akan membawa kehilangan seseorang datang dalam hidup kita.

Sebab itu apabila teringat pada yang sudah pergi, kita hendaklah memohon keampunan dan berdoa untuknya. Semoga Allah tempatkan mereka di tempat yang baik bersama para Nabi, *siddiqin, syuhada'* dan solihin. Itulah nasihat ayahnya. Masih segar dalam ingatan Sumaya.

Malam itu ketika hanya separuh daun pintu dibuka, saat itu perasaan takutnya mengganggu apabila yang dilihat berdiri ialah Nadir yang samar-samar di bawah lampu koridor rumahnya. Nadir terus masuk ke dalam rumah dengan riak kepenatan akibat bekerja.

Kepulangan Nadir malam itu membuat banyak pertanyaan dalam hatinya. Malam itu tidak seperti malam yang biasa. Kebiasaannya setelah pulang, Nadir pasti meletakkan helmetnya di atas lemari dan menggantung jaketnya dan kunci motor di belakang pintu. Kemudian dia akan terus mandi sebelum makan. Sementara menunggu Nadir makan, Sumaya akan menghitung wang tip yang diterima suaminya sepanjang hari.

Sumaya akan menghitung dan masukkannya ke dalam tabung untuk kegunaan pada waktu sukar.

Dan sebelum tidur Nadir dengan ceria akan bercerita tentang kisah-kisah pelanggan-pelanggannya. Sesetengahnya ada yang menjadi baran bila lambat menerima makanan yang dipesan. Ada juga kisah pelanggan yang budiman dan berbagai-bagai lagi kisah yang diceritakan. Itulahlah kepuasan bagi Nadir bila semua yang dialami seharian diceritakan kepada Sumaya. Setelah cerita itu tamat, Nadir akan mengajak Sumaya tidur. Sumaya tidak membantah dan menjadi pendengar setia setiap malam.

Tetapi malam itu, Nadir seperti sesat di dalam rumah sendiri.

Nadir tidak seperti biasa, dia seperti kekok. Sumaya teringat setelah melangkah masuk ke dalam rumah, Nadir hanya berdiri tercegat di situ. Sumaya menjadi pelik. Dalam fikirannya, mungkin cuaca malam yang sejuk membuat Nadir tidak seperti biasa. Semenjak bekerja sebagai penghantar makanan dalam masa pandemik, inilah malam pertama dia harus menempuh dalam hujan yang lebat.

Walaupun terlalu banyak perkara yang mengusik jiwa raga Sumaya malam itu, namun tidak sedikit pun Sumaya mengesyaki sesuatu. Yang buatkan Sumaya terkilan, sehari sebelum pemergian suaminya itu, Nadir meminta dimasakkan asam pedas ikan pari yang memang menjadi kegemarannya.

Tapi malam itu Nadir hanya buka tudung saji dan mencium baunya sahaja.

Terasa kecil juga hati Sumaya kerana masakan itu langsung tidak disentuh. Penat Sumaya ke pasar dengan membawa Dani untuk membeli bahan masakan. Namun Sumaya juga mengerti Nadir mungkin terlalu penat, lagipun sudah jam 1.30 pagi ketika itu.

Nadir tidak pernah sampai ke rumah selewat itu. Sumaya cuba memahami, mungkin Nadir terlalu penat sehingga membuat selera suaminya sudah tiada lagi.

Sumaya akur. Namun Sumaya tidak salah pandang, tidak salah orang bahawa orang yang bercakap dengannya dan orang yang duduk di hadapannya adalah Nadir.

Satu per satu langkah Nadir pada malam yang sepi itu menjadi kenangan yang sukar dilupakan.

Kini bila ada sahaja yang datang dan mengetuk pintu, Sumaya serta-merta menjadi gementar bukan kepalang. Sumaya benar-benar merasa ketakutan. Tubuh badannya akan menggigil dan dia menjadi bingung. Sumaya akan memeluk Dani dengan erat.

Mungkin Dani merasa pelik kelakuan ibunya saat itu yang memeluknya ketika ada yang mengetuk pintu. Selalunya Sumaya lebih suka pintunya terbuka tetapi semenjak peristiwa malam itu, Sumaya lebih suka pintunya berkunci dan saban masa tertutup rapi.

Ketika pegawai polis memberitahu bahawa suaminya terlibat dalam kemalangan, Sumaya sama sekali tidak mempercayai. Sambil menggosok-gosok mata yang masih kelihatan kabur saat bangun dari tidur. Sumaya hanya tersengih dan yakin pegawai polis itu mungkin tersalah rumah.

Hinggalah salah seorang pegawai polis menyebut nama suaminya dan keterangan peribadi Nadir barulah Sumaya mempercayai berita itu. Sukar untuk meyakinkan dirinya sendiri bahawa yang berdiri di hadapan matanya bukan Nadir. Yang duduk di meja makan itu bukan suaminya. Walaupun dalam lampu yang samar samar, Sumaya kenal pakaian suaminya. Sumaya kenal suara suaminya walaupun suara Nadir malam itu amat tersentuh, bernada hiba dengan sebuah senyuman yang tersembunyi sesuatu.

Setelah tiba di rumah sakit dan melihat wajah Nadir terbujur kaku, gugur jantungnya dan kakinya lemah melangkah. Sumaya meraung sekuat-kuat hati.

Sebulan sebelum pemergian Nadir, Sumaya selalu sering merasa tidak sedap hati dan jantungnya selalu berdebar-debar. Entah kenapa. Debaran itu akan hilang dan ia kembali semula.

Kadangkala Sumaya terfikir mengapa perasaan itu datang. Seolah-olah memberitahu seperti ada sesuatu yang buruk akan terjadi. Bila itu berlaku, Sumaya akan cepat-cepat menelefon ayahnya bertanyakan khabar.

"Ayah baik-baik sahaja," kata Abu Samad.

"Dua hari lepas, kau tanya perkara yang sama. Kenapa?" soal Abu Samad.

"Maya rasa tak sedap hatilah, ayah..." terang Sumaya.

"Jangan banyak percaya dengan perasaan, ingat Yang Esa," nasihat Abu Samad.

"Baiklah, ayah. Maya akan cuba," sela Sumaya.

Makrifat perasaan memang sukar diandaikan. Ia sukar ditaksirkan. Kalau Sumaya tahu kematian akan berlaku, mungkin akan dilarang Nadir keluar bekerja. Tapi itu tidak mungkin berlaku. Hanya Allah yang tahu tentang isi kehidupan ini. Dialah Maha Pencipta dan Maha Berkuasa.

Pemergian Nadir sebulan lalu namun kesannya luka masih ada. Kematian Nadir bukan kerana jangkitan Covid 19 namun keluarga Mak Cik Leha, jirannya cuba menjauhkan diri.

Ketika melintas di depan pintu rumahnya yang senantiasa terbuka, ahli keluarga rumah itu akan bergegas menutup pintu. Mereka takut dan khuatir sekiranya Sumaya dan Dani dua beranak membawa wabak. Kadangkala dia terasa tersinggung dan sebak bila orang-orang di sekeliling cuba menghindari diri daripadanya. Mereka mengesyaki kematian Nadir ada kaitan dengan wabak Covid 19.

Semenjak diperlakukan sedemikian rupa, Sumaya hanya duduk di rumah mengunci pintu. Simpati berlebihan daripada semua ahli keluarga membuat Sumaya ternyata lebih sedih. Sumaya mengaku tidak akan memberi ruang khusus untuk duka itu menghimpit hidupnya. Walaupun sukar, Sumaya berjanji pada dirinya sendiri demi untuk membesarkan Dani.

Sumaya harus berani menempuh liku dan onak. Ingatan pada Nadir sebagai inspirasi hidupnya. Apakan tidak, kerana Nadir ialah orang yang pertama dilihatnya saat bangun dan orang yang terakhir dilihat saat akan tidur.

Lebih memeritkan apabila Dani sering menanyakan sesuatu tentang ayahnya.

Sumaya tidak dapat menjawab dengan jujur soalan Dani. Belum masanya untuk Dani memahami perkara yang sebenarnya. Sumaya tahu anaknya juga punya perasaan. Namun Sumaya tidak sanggup melihat emosi Dani terganggu. Menyedari tentang hal itu maka Sumaya berhasrat membawa Dani pulang ke kampung. Di kampung, mungkin Dani akan dapat mencari peluang memahami perkara yang berlaku. Biar soal kehilangan itu menjadi kenyataan yang sangat berat namun harus diterima.

Diharap seiring berjalan waktu, rasa duka Dani menjadi surut dengan akal yang cukup matang. Sumaya akan memberi alasan yang senang difahami. Walaupun Sumaya harus teruskan pembohongan ini, diharap kesalahan itu mendapat pengampunan daripada Yang Esa.

"Ibu, kenapa ayah tidak pulang?" Suara anak kecil itu bertanya sambil memeluk Maya.

"Ayah *work*, sayang," jelas Maya.

"Ooo... Ayah *work*," ulang anak kecil itu seakan-akan mengerti. Mulutnya muncung ke hadapan.

Tetapi keesokan hari, Dani pasti bertanya lagi. Apakan tidak, selalunya hari Sabtu dan Ahad, Nadir akan bermain dengan Dani sebelum keluar rumah. Itu sajalah waktu yang ada.

Selalu Nadir pulang lewat malam, waktu itu Dani sudah lena dalam mimpi.

Bila pagi hari, Nadir harus pergi kerja, Dani masih dibuai mimpi. Sekiranya Dani berulang bertanya di mana ayahnya, Sumaya akan memujuk Dani dengan mengajak bermain di taman permainan yang sudah dibuka. Atau Sumaya akan membuat *video call* dengan anak Saemah yang sebaya Dani.

Anak-anak kecil itu akan berbual dan bercerita tentang apa yang dialami. Kadangkala Sumaya rasa terhibur dan geli hati dengan kerenah cilik. Setelah penat, Dani akan menyerah telefon bimbit kepadanya.

Sumaya bertambah pilu bila tidak berpeluang melihat wajah Nadir dikebumikan.

Adik iparnya merakam pengebumian jenazah suaminya di tanah perkuburan.

Itulah momen yang paling menyayat hatinya. Galeri foto itu tetap disimpan.

Setiap kali dilihatnya, setiap kali itu air matanya berderai.

Keluarga mentuanya membawa jenazah Nadir ke rumah mereka dan menguruskan jenazah hingga selamat disemadikan.

Hanya sepuluh orang sahaja yang dibenarkan berada dalam satu masa pada era pandemik Covid 19. Ini adalah peraturan dalam fasa norma baru kehidupan. Sumaya harus pasrah dengan ketentuan yang telah ditetapkan.

Pilu hatinya berendam air mata. Sumaya berdoa siang malam moga sempadan negeri boleh dibuka semula. Sumaya sudah membuat keputusan mahu pulang ke kampung halaman di Kampung Serkat Timur. Sumaya berhasrat membantu ayahnya di ladang pisang.

Sumaya akan menjual rumahnya. Apa yang terjadi membuatkan Sumaya sudah bertekad dan dia takkan kembali lagi.

Sumaya akan pulang selama-lamanya ke pangkuan ayahnya dengan menghabiskan sisa-sisa kehidupan di samping ayahnya yang sudah tua. Dani akan dibesarkan dan disekolahkan di kampung tempat Sumaya dilahirkan dan dibesarkan. Dani akan dibesarkan dan disekolahkan di kampung Sumaya. Dani pasti tidak akan kesunyian. Ramai sepupu Sumaya yang mempunyai anak sebaya dengannya dan tinggal tidak jauh dari rumah ayahnya. Anak-anak saudaranya diharapkan dapat menjadi kawan pada Dani.

Alangkah rindunya Sumaya pada ayahnya. Itu yang kerap terucap di bibirnya. Mungkin kini Sumaya tidak mempunyai sesiapa yang boleh berkongsi perasaan dengannya. Dura yang sering menjadi penasihat dan pendorong masih belum bangkit dari kesedihan. Sumaya tidak tahu bila Dura akan kembali seperti dulu lagi.

Terkadang Sumaya merasa sedih lebih-lebih lagi dalam situasi sekarang yang tidak boleh pulang. Hanya dapat menyalurkan rasa rindu dengan *video call*, memanfaatkan teknologi sebaiknya. Saemah, sepupu Sumaya sering membantu apabila Sumaya mahu bercakap dengan ayahnya.

Sumaya akan cuba menampilkan diri seceria yang mungkin supaya ayahnya tidak melihat kesedihan di raut wajahnya. Dengan cara ini sahaja menjadi penawar sehingga datangnya momen pulang dan berkumpul. Memang sukar untuk diungkap kata-kata rindu.

Lebih-lebih lagi pada masa pandemik Covid 19, hal tersebut menjadi sulit terlaksana kerana masih banyaknya batasan yang harus patuhi, sekalipun sudah ada sedikit kelonggaran.

Di masa pandemik ini, rindu sering muncul sekalipun tidak memiliki erti.

Namun setidaknya, teknologi memungkinkan kita untuk mengubati rindu kepada seseorang dengan berbagai-bagai cara. Mendengar atau melihat mereka melalui *smartphone*.

"Tak apalah Maya, kau bersabar sahaja. Bila sempadan dah buka, pulanglah," kata Saemah dalam *video call*.

"Aku kesian dengan ayah," balas Sumaya.

"Pak ngah tu sihat, kami semua ada boleh tolong jaga," kata Saemah lagi.

"Aku tidak ada siapa-siapa kat sini, aku rindu kampung aku," bicara Sumaya dalam suara yang sebak.

"Tak elok ikutkan sangat perasaan. Aku faham kesedihan kau. Kau mesti kuat," nasihat Saemah. Sumaya memberitahu yang dia mahu merayu kepada pihak pemerintah agar membenarkan dia merentas sempadan.

"Kalau kau nak sangat balik, kau buat khemah di luar pagar sampai 14 hari, kau tidak demam baru boleh masuk," kata Saemah dengan terkekek ketawa. Terdengar suara mak longnya juga ikut ketawa dari belakang.

"Kamu patut-patutlah, takkanlah aku dengan anak aku tinggal dalam khemah?" tanya Sumaya.

"Mana tahu, kamu semua takut dengan Covid. Kami ada anak, kami ada suami, kami tak mahu ambil risiko. Parah, Maya!" terang Saemah bersungguh sambil menganggukkan kepala.

"*Argh*, sampai hati," sela Sumaya. Saemah dan Sumaya ketawa bersama.

Saemah menasihati Sumaya jangan kerana ghairah mahu pulang, akhirnya menyesal kerana orang tua kita dijangkiti tanpa disedari.

"Kalau boleh sembuh tak mengapalah juga tapi kalau tak boleh sembuh sampai membawa maut? Akhirnya anak-anak tidak dibenarkan mengiring ke kubur. Sekiranya berlaku begini, siapa yang haarus disalahkan? Tak ke sedih?" kata Saemah menasihati Sumaya berulang supaya bersabar hingga masa mengizinkan.

Bunyinya mungkin melucukan tetapi jauh di sudut hati, Sumaya tahu betapa takutnya mereka berada dalam era Covid 19 ini kerana virusnya tidak dapat dilihat dengan mata kasar. Perasaan semua orang tersentap dengan begitu banyak kematian yang dilaporkan.

Dan semua orang perlu telan kenyataan manusia masih belum menang menumpaskan wabak Covid 19. Entah bila akan berakhir! Kita mungkin bukan pembawa virus tetapi pencegahan itu adalah lebih baik daripada mengubati. Kita semua perlu memainkan peranan dalam hal ini malah semua orang boleh harungi waktu sukar bersama.

Sumaya hanya mampu tersenyum sambil memesan rindu di angin lalu pada wajah-wajah yang bermain di benaknya.

13

Aira mendapat mesej daripada Doktor Yuna yang mengatakan Dura sudah dikeluarkan dari wad ICU. Dura tidak memerlukan bantuan alat pernafasan lagi.

Tekanan darah tetap berjalan secara normal. Organ lainnya pun berfungsi tanpa intervensi eksternal. Keadaannya stabil.

Insiden traumatik cedera yang terjadi pada orang seperti Dura membuatnya pasif terhadap stimulus eksternal. Meski demikian, bukan bererti otaknya tidak berfungsi. Jauh dari itu, Dura sedar dan otaknya bekerja. Cuma yang membataskan Dura adalah dia tidak boleh bergerak atau memberi repons. Analoginya seperti orang yang sedang tidur lelap. Terkadang hanya menggerakkan sedikit anggota tubuhnya sebagai tindak balas.

Organ lain menjalankan fungsi-fungsi tubuh dalam tahap yang minimal. Namun, hal ini tidaklah mutlak. Memang ada kondisi-kondisi berbeza pada setiap pesakit yang mengalami koma.

Tidak ada yang boleh menjangkakan perkara yang sebenar akan berlaku pada pesakit koma.

Ada banyak cerita menakjubkan, terkadang sampai sulit dipercaya boleh berlaku dan pesakit koma yang pasti akhirnya kembali menjalani kehidupan seperti normal.

Apa yang terjadi pada Dura menjadi bukti bahawa orang koma ada ketika dan saatnya memberi respons yang minimal, kadangkala Dura seperti menangis. Fungsi ingatan membawa dirinya jauh melayang menjejak kisah yang membuat dirinya berduka atau bersedih walaupun matanya tertutup. Dari raut wajahnya dapat dikesan bahawa fungsi otaknya bekerja mencari jalan penemuan.

Atau mungkin Dura sedang mencari suatu kepastian yang sukar muncul.

Tentu hal ini tidak boleh disamaratakan pada setiap orang yang mengalami koma. Setiap diagnosis pesakit koma seseorang berbeza. Gerakan refleks, respons verbal, hingga reaksi yang membuat orang koma boleh menangis menjadi faktor penting dalam menentukan Dura akan sembuh. Fungsi otak orang koma akan beransur pulih dari waktu ke waktu.

Dengan pengamatan intensif, doktor dapat menilai seberapa parah tahap koma yang dialami seseorang. Dura terpisah dari dunia nyata. Hal ini ternyata sangatlah sulit.

Semasa Doktor Yuna masuk, Dura masih dalam kekeliruan. Matanya tidak berkelip. Dura seakan-akan ketakutan. Dura ingin bangun tetapi tidak tahu bagaimana harus bergerak.

Doktor Yuna dengan dibantu seorang jururawat membantu agar Dura tidak terus tidur terlentang. Gerakan nafas Dura seakan-akan mahu melepaskan dirinya dari sebuah cengkaman.

Dari ruang matanya ternampak suatu kekosongan. Ada sesuatu yang tidak pasti. Doktor Yuna cuba membuat Dura supaya senantiasa bertenang. Dura memandang wajah Doktor Yuna. Tubuhnya yang lemah tidak membenarkan Dura bergerak lebih banyak. Kemudian matanya melihat di sekitar biliknya. Dura seperti melihat suatu pemandangan yang baru dalam hidupnya.

Dura yang menderita pendarahan otak kerana kecelakaan itu memandang ke arah atas siling.

Lama ditenung siling itu. Dari renungan itu seolah-olah dia melihat dan mendengar sesuatu. Nafas Dura tenang kemudian dia memandang wajah Doktor Yuna semula.

Mungkin ada yang Dura tidak mengerti. Dalam pada itu, Dura masih tidak boleh berkata-kata.

Rasa pelik dan kehairanan masih jelas di wajah Dura. Menurut Doktor Yuna, Dura masih memerlukan berminggu-minggu untuk bertenang, dari situ kemungkinan besar pemulihan dapat dihasilkan. Sepanjang hampir sebulan menjaga Dura, Doktor Yuna tahu bahawa sering dilihatnya ada manik-manik butir air mata yang sering tertinggal di kelopak mata Dura. Terutama sewaktu Asfar datang melawatnya buat kali pertama dan terakhir.

Setelah Asfar melangkah keluar meninggalkan wad, tiba-tiba jantung Dura berdegup terlalu pantas. Nafasnya sesak tidak keruan. Kemudian air mata Dura mencurah-curah seperti empangan air yang pecah. Suara Asfar banyak mengganggu memori Dura. Dura seakan-akan ingin kembali ke alamnya sendiri. Tangan digenggam, air mata mencurah-curah seolah-olah Dura mahu mengucapkan sesuatu. Waktu itu fungsinya otaknya meninggalkan kesan tekanan. Jiwa dan raganya bercelaru. Dura kemudian diberikan suntikan agar otaknya dapat berehat. Doktor Yuna amat sebak melihatkan keadaan Dura.

Hingga kini belum ada jawapan yang pasti tentang apa yang terjadi kepada Dura ketika itu. Perasaannya amat tersinggung dan terluka. Pesakit yang koma memberi respons yang berbeza mengikut keadaan.

Secara sederhana, koma adalah reaksi tubuh setelah mengalami cedera parah di bahagian kepala sehingga otak memutuskan untuk berehat. Dura mempunyai kekuatan dan berjaya bangun dari ditindas kesakitan tetapi masih memiliki kekuatan dan memberi respons serta membuka mata untuk melihat apa yang terjadi di sekitarnya namun masih terbatas. Setelah memastikan keadaan Dura stabil, Doktor Yuna bergegas melangkah ke wad lain melakukan rutin hariannya. Tinggallah Dura keseorangan.

Setelah membuka matanya dan bernafas tanpa bantuan alat pernafasan, Dura kelihatan lebih tenang. Namun Dura masih belum mampu membuka mulut untuk berkata-kata.

Setelah tamat menjalani tempoh arahan kuarantin 14 hari dan bebas dari jangkitan Covid 19, Aira bersyukur kerana setelah menjalani *swab test* kali kedua Aira sekali lagi didapati negatif. Aira bebas dari semua sekatan.

Kebebasan itu sungguh bermakna baginya. Aira amat gembira bila membaca mesej daripada Doktor Yuna. Itulah saat yang ditunggu selama ini, untuk membawa langkah kaki berjumpa Dura.

Aira berdiri tercegat. Dura seperti ingat-ingat lupa melihatnya. Dura tidak memberikan reaksi yang diharapkan Aira sebaliknya

Dura hanya merenung Aira. Kemunculan Aira seakan-akan tidak memberi kesan pada Dura yang sudah sedar. Dura seakan-akan terpinga-pinga untuk mengingati siapa yang ada di hadapan matanya.

Dura cuba membuka mulutnya tetapi dia masih tidak boleh berkata-kata atau mengeluarkan luahan hatinya. Dura seperti baru tiba dari suatu perjalanan yang terlalu jauh yang membuat Dura terlalu penat dan lelah. Dura hanya memandang Aira dengan pandangan kosong. Namun dari bola matanya Aira tahu Dura sedang mencari sesuatu.

Aira melangkah menghampiri Dura bila dilihatnya Dura seperti tidak selesa. Dahinya berkerut. Aira memandang ibunya dengan pandangan yang sayu. Mahu rasanya Aira memeluk Dura. Mahu rasa Aira mencium Dura. Tetapi Dura hanya menatap tanpa mengingati siapa Aira yang berdiri tercegat di hadapannya. Aira merasa sebak. Air matanya mula bertakung. Dura mengalih pandangan ke arah siling. Kemudian Dura menarik nafas. Entah apa yang difikirkan. Aira memanggil Dura beberapa kali.

"Umi, pandanglah. Ini Aira." Lembut suara itu kedengaran di telinga Dura.

Aira memang berharap Dura mengenalinya. Aira tak sanggup kehilangan seorang lagi insan yang amat dicintai. Hidupnya tidak akan bermakna membawa erti langsung.

Walaupun pesanan abahnya sering bermain dalam ingatannya, berdamailah dengan takdir.

Kata-kata Asfar itu tidak pernah hilang, senantiasa abadi. Namun naluri Aira seperti hidup tanpa cita dan rasa dengan ketiadaan Asfar dan Dura dalam hidupnya.

"Umi, ini Aira. Umi pandanglah Aira. Ini anak umi..." Berdentum kata-kata itu dari lubuk hati Aira yang benar-benar hampa. Gegaran suaranya membuat mata Dura berkerdipan lalu menoleh ke arah Aira. Dura seperti teringat nama itu. Entah di mana. Entah dari siapa.

Dura memandang sekali lagi wajah Aira.

Matanya dibuka dan ditutup kemudian dibuka dan ditutup lagi. Tiba-tiba nafas Dura tercungap-cungap seakan-akan dalam kepenatan. Seperti dikejar sesuatu.

Aira menjadi panik dan memanggil jururawat.

Kemudian Doktor Yuna datang memeriksa. Doktor Yuna berkata mungkin kini Dura dalam proses pengembalian ingatan yang boleh menyebabkan berlakunya berbagai-bagai komplikasi.

Mungkin itu tanda pemulihan.

Dura diminta jangan diganggu buat sementara waktu. Setelah membuat pemeriksaan dan diberi suntikan, Doktor Yuna berjumpa Aira yang berada di luar.

"Harap awak lebih kuat dan terus bersabar," kata Doktor Yuna sambil memegang bahu Aira. Aira hanya tunduk dan mengangguk. Doktor Yuna cuba tersenyum. Walaupun senyuman itu yang pahit dirasakan. Kemudian Doktor Yuna bergegas pergi ke wad di sebelah dan meninggalkan Aira berdiri di situ. Aira bersandar di tembok koridor.

Perasaan Aira memberontak, jiwanya terhimpit dengan kesedihan yang sukar dibelai.

Air matanya bercucuran. Aira menahan sebak. Sebakan yang mahu dijeritkan sekuat kuat hatinya. Di koridor itu... Aira menangis teresak-esak. Hatinya tidak tertahan menahan dan membendung kesedihan. Kenapalah banyak sangat yang harus ditempuhi? keluh Aira dalam hati.

"Aira," sapa Bilal.

"Aira, *please,*" ulang Bilal lagi.

Aira melihat Bilal dalam samar-samar bola mata yang penuh dengan air mata. Aira mengesat air matanya dengan kedua-dua belah tangannya. Bilal betul-betul berdiri dekat dengannya. Bilal cuba melindungi Aira daripada ditonton orang yang lalu-lalang di situ. Dada Bilal yang lebar cukup melindungi tubuh Aira yang comel. Aira dengan tidak semena-mena merebahkan kepalanya di dada Bilal. Air mata Aira terasa panas di dada Bilal. Bilal merasai kesedihan Aira yang dalam dari lubuk hati. Gegaran kesedihan Aira, menyapa hatinya yang turut merasa pilu.

Tangisan Aira adalah cara mata berbicara ketika mulut terbungkam, tak sanggup menjelaskan seberapa hancurnya hati Aira.

"*Shhh...*" Bilal menunjukkan isyarat kepada Aira. Bilal membantu menghilangkan sisa-sisa air mata yang bertaburan di pipi Aira.

Tangisan Aira kian reda dalam beberapa saat. Aira mengangkat kepala dari persandaran itu.

Bilal membawa Aira menuju ke kafe. Aira kelihatan sedikit tenang. Bilal membawa secawan kopi untuk Aira. Aira hanya tenung cawan itu di atas meja. Aira membisu seribu bahasa.

Aira tidak tahu bagaimana untuk berkata-kata. Setiap kali dia merasa kesedihan, Bilal sering berada di sisinya. Kehadiran Bilal memberikan kekuatan pada dirinya.

Walaupun luka lama sudah hilang tapi bekasnya masih terasa, nyilu menghiris hatinya.

Bilal merasa bertambah kasihan terhadap Aira. Cintanya bukan bertaut kerana rasa kasihan yang mendalam tetapi cinta sudah lama bersemi dan tumbuh segar dalam taman hatinya.

Memang sukar untuk dinafikan perasaan cintanya. Dia tidak punya pilihan selain mengikut kemahuan ibu tercinta dulu namun dia sedar bahawa jodoh dan pertemuan bukanlah urusan manusia.

Segala yang ada di langit dan di bumi adalah milik Allah Yang Esa. Jika kita melahirkan apa yang tersirat dalam hati atau merahsiakan nescaya Allah juga mengetahui. Allah berkuasa atas segala sesuatu. Dan Allah jualah yang memberi petunjuk kepada sesiapa yang Dia kehendaki. Bilal merenung wajah Aira. Aira hanya tunduk membisu.

Kini Bilal mengerti dan menyedari betapa Aira mengisi kekosongan dalam hidupnya. Bilal tidak mampu merasai lagi kehilangan itu. Bilal akan mempertahankan sebelum menerima kehilangan itu lagi. Bilal tidak mahu memiliki kehilangan sebelum menjelaskan. Bilal mahu terus memiliki gadis yang membuat hidupnya bahagia. Bilal sudah putuskan semuanya!

Dan bagi Aira, kini perasaannya bercampur-campur. Bila semua kenangan itu menjelma, air mata sering membasahi pipi. Hanya air mata menjadi kawan. Air mata Aira senantiasa berlinangan.

Air mata untuk kehadiran Bilal. Air mata buat pemergian abahnya. Air mata buat uminya.

Semua air mata itu turun membasahi pipinya tanpa diminta. Air mata yang tidak punya musim tapi punya nama, siapa pemiliknya. Itu air mata Aira.

"Aira, *please* Aira," pujuk Bilal. Dari tadi air mata Aira tidak berhenti-henti.

"Jangan tinggalkan Aira, umi..." Suaranya bergema di antara berbisik. Suara esakannya ditahan tahan dan kedua-dua belah tangan menutup wajahnya.

Dalam keadaan begitu, Bilal turut menahan sebak melihat kesedihan Aira yang berterusan.

Aira mengesat air matanya yang mengalir masuk ke hidung. Hatinya bertanya, mengapa dunia merampas semua yang dimilikinya? Hatinya merintih bagai tiada noktah. Bilal memandang wajah Aira.

"Aira..." panggil Bilal dengan perlahan.

Panggilan itu menusuk ke dalam sanubari Aira. Aira melihat wajah di hadapannya.

"Melihat keadaan sedih yang berterusan begini, tak pernah terfikir bahawa yang ada di depanku ialah Aira Naina," terang Bilal.

Aira Naina hanya diam membisu. Lima tahun lalu sewaktu melangkah keluar dari rumah Bilal, dia membawa hati yang rawan.

Sesampai di rumahnya, Aira terus memeluk Dura dan menangis di dada Dura. Dura menenangkan dirinya. Betapa kecewa hatinya diperlekehkan dengan status yang ada.

Aira merasa amat hampa. Dura yang menasihatinya agar *move on* dengan apa yang berlaku. Namun Dura juga menasihati agar Aira jangan menyimpan luka di taman hatinya. Biarlah luka itu tetap tinggal bersama memori, tersimpan dalam galeri hatinya.

"Tak dapat kubayangkan, lima tahun dulu bila aku tinggalkan kau kerana menurut pilihan ibuku, adakah kau seperti apa yang kulihat sekarang?" tanya Bilal.

Bilal merasa bersalah kerana tidak mempertahankan hubungan cinta bersama Aira.

Bilal amat tertekan dengan kemahuan ibunya.

"Maafkan aku Ai, hancur hatiku melihat keadaan kau," tegur Bilal.

"Dalam kebingungan kau yang berterusan, aku tetap mahu mempertahankan apa yang menjadi milikku." Bilal seakan-akan berkata kepada dirinya sendiri.

Aira tidak mahu menjawab walau satu sepatah kata pun. Aira lebih suka diam membisu.

Memang Aira faham bahawa dia harus mempunyai kekuatan. Dia ingat pesanan abahnya.

"Harus bertakwa kepada Allah sebenar-benar takwa dan jangan sesekali kau cuba menduakan-Nya. Allah jualah Yang Esa. Apa yang ada di langit dan di bumi akan dikembalikan kepada Allah. Faham!" kata Asfar suatu masa.

"Faham abah," bisik Aira dalam hatinya.

Dalam sedetik itu Aira mengirimkan doa agar abahnya senantiasa tenang dan ditempatkan dalam kalangan orang-orang yang beriman dan diterima amalannya.

Hati Aira begitu remuk. Tetapi Aira begitu mengerti dan faham bahawa Tuhan tidak akan membebani seseorang melainkan apa yang akan terdaya olehnya. Walaupun jiwanya seakan-akan menjerit-jerit meminta tolong. Dalam kesepian menghempas semua kesedihan, Bilal selalu menumpangkan kesedihan Aira berlabuh.

"Ya Allah, ampunkan dosa-dosaku dan peliharalah aku dari semua dugaan hidup ini..."

Aira menangis lagi. Bilal hanya memerhatikan wajah ayu itu.

Bilal menunggu dan selamanya akan menunggu berapa lama yang Aira mahu kerana hanya Aira yang ingin dimilikinya. Hanya satu yang tidak pernah mungkin terjadi ialah untuk meninggalkan Aira walaupun apa alasan dan sebabnya. Aira adalah pelengkap kehidupannya.

Bilal mahu melepaskan sengsara yang dialami oleh dirinya dan Aira. Cukup apa yang Aira hadapi sekarang dan sebelum ini. Bilal tidak sanggup melihat penderitaan Aira. Bilal mahu senantiasa berada di sisi Aira. Bilal tidak sanggup melukakan hati Aira. Rindu dan cintanya khas buat Aira. Biarlah malam serta bulan dan bintang menjadi saksi.

Angin sepoi-sepoi membelai hati dua insan. Bicara hati Aira dan Bilal melewati bicara sang angin. Mereka tidak perlu mencari bayang-bayang itu di mana-mana. Perasaan Aira dan Bilal tenang dalam belaian angin yang berlalu. Mereka berdua punya persamaan.

"Aira, jangan terlalu mendesak umi untuk mengenali kau," nasihat Bilal.

"Kalau kau boleh berjanji begitu, kita tengok umi lagi," terang Bilal lagi.

Aira hanya menganggukkan kepalanya dan melangkah berjalan di sebelah Bilal.

Dura kelihatan tenang semula. Pilunya hati Aira melihat keadaan Dura begitu.

Menimbangkan keadaan Dura, Aira memikirkan bagaimana dia harus memberitahu Dura tentang pemergian orang yang disayanginya. Pemergian orang dicintai. Aira tidak punya kekuatan untuk memberitahu kepada uminya tentang pemergian Asfar.

"Umi, kenalkah umi pada abah, abah yang sering panggil umi sayangku? Abah sudah meninggalkan kita buat selama-lamanya. Abah tidak akan kembali lagi.

Tahukah umi, abah amat sayang pada umi? Umi ialah bidadarinya ..." kata Aira lalu menangis dengan teresak-esak sambil melutut di sisi katil Dura. Aira lupa janjinya pada Bilal agar tidak memaksa Dura.

Semacam degupan elektrik singgah di benak Dura. Dura seakan-akan terkejut melihat Aira yang tidak dikenali melutut di sisinya. Tiba-tiba terbit perasaan sedih melihat gadis itu.

Dan Dura teringat sesuatu mengenai hidupnya. Dia cuba mencari titik perjalanan dalam hidupnya. Fikirannya kosong lagi. Dia memandang siling. Kemudian tak semena-mena, dia menghamburkan bunyi tangisan. Itulah pertama kali tangisannya berlagu. Tetapi untuk apa tangisan itu, Dura sendiri belum tahu. Melihat Aira menangis, Dura ikut menangis.

"Umi... Ini Aira anak umi!" jerit Aira.

Bilal memegang bahu Aira. Aira menangis lagi. Dura memandang wajah Bilal.

Dura seperti kenal tapi entah di mana. Dia memandang tepat ke wajah Bilal. Nafasnya menjadi kencang seperti sedang marah. Dura mendengus.

Dura sedang bekerja keras untuk menetapkan sejarahnya semula.

Dura memandang lagi ke arah Aira yang masih menangis di sudut katil.

Dura memandang kedua-dua wajah itu berulang kali. Kemudian dia menarik nafas yang dalam.

"Aira Naina, jangan terlalu ikutkan rasa sedih..." nasihat Bilal.

"Umi akan kenal anaknya. Cuma kita harus bersabar. Ini adalah tahap pertama untuk umi kenal siapa kau dalam hidupnya. *Please* Ai," keluh Bilal.

Sedang mereka berbincang, tiba-tiba Dura terus menutup mata. Aira tidak sempat menarik nafas. Pandangan Dura menjadi gelap seperti berada di suatu dimensi yang pudar kemudian Dura merasa tenang, merasakan damai yang menyenangkan yang tidak pernah dialaminya.

Dari gerakan bibir, Dura seakan-akan ingin menyebut sesuatu. Tapi satu pun tidak keluar dari kerongkongnya. Aira mengharapkan agar suara itu keluar dari bibir Dura. Aira berharap agar Dura sekurang-kurangnya mengenali dirinya.

"Berehatlah, umi," kata Bilal setelah memeriksa pernafasan Dura.

Dura seperti pernah mendengar suara itu. Dura perlahan-lahan membuka matanya.

Namun Dura tak tahu bagaimana untuk berkata-kata dan apa yang harus diperkatakannya.

Bilal mengajak Aira keluar dan biarkan Dura berehat. Namun Aira berkeras mahu menunggu di situ, Aira rindu mendengar suara ibunya memanggil namanya.

"Umi belum diberitahu tentang abah..." keluh Aira.

"Buat masa ini jangan digegarkan emosi dan fikirannya dengan berita itu. Kemurungan akan melambatkan proses pemulihan fikiran. Bersabar," tegas Bilal.

"Kalau disebut nama abah mungkin akan membantunya untuk mengingati sesuatu yang lepas. Abah adalah kesayangannya," balas Aira dengan esakan.

Aira segera mencari foto abahnya di galeri telefon bimbitnya. Akhirnya ada sekeping foto diambil semasa hari ulang tahun abahnya yang ke-62 tahun, tahun lepas. Aira menunjukkan foto itu kepada Dura. Terbeliak mata Dura. Dura seakan-akan mahu menjerit.

Bilal bergegas menenangkan lagi. Pernafasan Dura menjadi huru hara. Dura cuba mengangkat kepalanya. Tangannya menggenggam tepi besi katil. Dura seperti mahu berlari dan menjerit.

"Umi, ini Aira, ini abah," kata Aira.

Air mata Dura terus mengalir membasahi pipi. Dura bagaikan sedang mengingati masa silam.

Dari renungan wajahnya, bukan hanya sedih yang dapat dirasakan tetapi tiada cara yang benar atau salah untuk terus melepaskan pilunya. Aira mengesat air mata Dura.

Dura teresak-esak. Dura tetap memandang Aira dengan jiwa kekosongan. Aira terasa terseksa. Tetapi kali ini Dura seakan-akan mahu menerima Aira di sisinya.

Bilal yang berdiri di situ membantu membetulkan kedudukan bantal di belakang Dura.

Dura memandang wajah Bilal dengan pandangan yang penuh tanda tanya.

Kemudian Dura memandang ke siling lagi. Nafasnya diatur satu per satu. Dura lupa lagi apa yang Aira tunjukan kepadanya sebentar tadi.

Sebentar dia ingat, sebentar dia lupa. Gambar itu adalah gambar Asfar. Asfar yang sering menyakatnya dengan panggilan Doraemon.

Bagi Aira, walaupun perubahan perasaan itu hanya seminit namun Aira tidak pernah melihat Dura bersedih seperti itu. Aira kenal dengan Dura. Aira kenal siapa Dura. Dura selalu tersenyum walau ada tangisan dalam senyuman.

Asfar adalah belahan jiwanya. Menjalani susah, senang, harapan, cita-cita, masa depan segala sesuatu dirancang bersama-sama, saling melindungi.

Kebersamaannya lebih terasa, mereka ialah pasangan suami isteri bagai burung sejoli yang terbang ke angkasa, saling memberi dan mengisi keperluan antara satu sama lain. Kini perasaan rindu antara Dura dan Asfar merantau di tengah-tengah kesibukan manusia menghindari dari wabak Covid 19.

Pada saat itu, ikatan perasaan Asfar dan Dura tercicir dalam ikatan. Asfar yang berusaha supaya jangan merasa hambar meskipun Asfar berniat baik tidak mahu membuat Dura gundah namun perasaan Dura tetap terluka.

Dan Asfar tetap menyampaikan secara jujur perasaannya yang serba tidak menentu.

Sedangkan dalam pandemik ini, rindu Dura menjadi bertambah kali lipat ganda, tetapi Dura terasa dipinggirkan oleh Asfar. Secara jujur, Dura hanya menjadi seorang perindu, yang rindukan kebahagiaan saperti yang dulu-dulu. Namun cinta dan sayang Dura terkulai layu!

Aira merindukan Dura namun tangannya tidak mampu menggapainya. Mata Aira tak mampu menatap wajah Dura yang hiba. 'Namun tahukah umi, hatiku tak pernah mencuba berhenti berkata-kata bahawa aku sangat merindukanmu?' bicara Aira dalam hati.

Lampu yang menyinari bilik itu mengingatkan Aira pada saat dia di atas pangkuan riba Dura sambil Dura mengusap-usap rambutnya, memujuk dia yang kecewa ketika ditinggalkan Bilal.

Lalu Dura memanjakan dirinya dengan kata-kata semangat, agar Aira *move on* dan terus melangkah jauh.

"Terima kasih abah, terima kasih umi kerena memahami air mata Aira. Dari abah dan umi, Aira memahami cinta yang sebenarnya. Cinta yang tidak boleh diberikan kepada yang bukan pemiliknya," bisik bicara Aira.

Terkadang Aira menangis merindukan Asfar dalam setiap diamnya.

Walaupun Aira selalu ingin melawan cakap Asfar tapi dari dalam dari lubuk hati Aira, dia amat menyayangi Asfar.

"Abah, Aira sayang abah..." Kesedihan Aira membelai jiwa.

Dari belaian tangan Dura, Aira belajar banyak tentang kasih sayang.

Dari tangan belaian seorang Asfar, Aira belajar tentang menjaga cara kasih sayang.

Aira belajar erti kasih sayang dan kesetiaan. Dari mereka berdua membuat Aira belajar menerima dan mensyukuri dengan apa yang masih dimiliki. Dugaan demi dugaan tetapi penuh hikmah tersirat di dalamnya. Dan Aira tidak mahu terlepas menghargai apa yang dimilikinya kerana betapa apa yang ada bersamanya kini amat bererti dalam hidupnya. Aira cuba belajar memiliki sebelum menempuh kehilangan yang nyata.

Aira mahu menjaga dengan baik orang-orang yang telah membuatnya bahagia, sebelum dia benar-benar merasa kehilangan. Sebab penyesalan tidak akan mengubah sesuatu yang telah hilang. Aira memandang wajah Bilal yang berada di sampingnya.

Ditenungnya wajah itu dan Aira merasa betapa kejamnya dilema lukanya menghukum Bilal. Melihat harapan cinta, kini Aira sedari harus tinggalkan mimpi yang bukan impiannya. Tiap orang melalui saat genting dalam gelora kehidupan. Setiap orang punya kehilangan dalam norma baru. Namun bila kita punya impian, kita harus bangun pupuk impian itu agar tidak menjadi mimpi semata.

Sekiranya selalu bermimpi, ternyata mimpi itu tidak menjadi sebuah impian.

Bilal menghulurkan tangannya. Aira teringat mimpinya, tangan itu dihulurkan kemudian bila Aira cuba menyambutnya, ia hilang dan Aira terjaga dari mimpi. Kali ini, Aira yang melutut di sisi katil Dura dengan pantas menyambut dan menggenggam tangan itu, tidak mahu dilepaskan. Aira tidak mahu kehilangan lagi. Bilal memandang wajah Aira. Aira berdiri tegak di samping Bilal.

Perasaan Aira yang bercampur-campur pada mulanya seperti ada pengisian pada sebuah kekosongan dan kehilangan. Kesan luka yang beransur pulih.

Aira harus akur dengan nasihat Bilal. Dura memerlukan terlalu banyak masa agar bangkit dari kebiasaan hidupnya. Aira tidak mahu memaksa Dura lagi. Aira membiarkan Dura memandang siling yang putih bersih. Di situ mungkin Dura mengumpul inspirasi dan memori.

Tidak sepantasnya dia memaksa Dura mengingati Asfar dan dirinya. Bila masanya tiba, Dura mesti terima dengan lapang hati bahawa Asfar telah pergi. Namun Aira yakin segala kenangan dan kasih sayang Asfar akan selalu hidup dalam ingatan Dura. Dura pasti memiliki semua bahagian teristimewa dalam hatinya untuk menyimpan semua memori manis bersama Asfar sepanjang hidupnya. Mungkin Dura sukar mempercayai pemergian Asfar tetapi Aira percaya, sekiranya Dura menanggung kesedihan dalam hatinya ketika mengingati Asfar, sebenarnya itu adalah cebisan petanda perasaan cintanya terhadap suaminya amat mendalam.

Asfar yang sering berlagu memanggilnya 'sayangku' dan Asfar yang sering memujinya dengan panggilan 'bidadariku'.

Dan saat melanjutkan kehidupan, biarpun pilu atas pemergian Asfar yang merupakan orang dan suami yang sangat dan amat dicintai namun ikatan perasaan kasih sayang dan cinta itu tidak akan pernah ***berakhir!***

CPSIA information can be obtained
at www.ICGtesting.com
Printed in the USA
BVHW031412130921
616663BV00001B/13